ENREDADA

RANCHO STEELE - LIBRO 3

VANESSA VALE

Derechos de Autor © 2018 por Vanessa Vale

ISBN: 978-1-7959-0084-3

Este trabajo es pura ficción. Los nombres, personajes, lugares e incidentes son producto de la imaginación de la autora y usados con fines ficticios. Cualquier semejanza con personas vivas o muertas, empresas y compañías, eventos o lugares es total coincidencia.

Todos los derechos reservados.

Ninguna parte de este libro deberá ser reproducido de ninguna forma o por ningún medio electrónico o mecánico, incluyendo sistemas de almacenamiento y retiro de información sin el consentimiento de la autora, a excepción del uso de citas breves en una revisión del libro.

Diseño de la Portada: Bridger Media

Imagen de la Portada: Bigstock: millaf; Storyblocks

¡RECIBE UN LIBRO GRATIS!

Únete a mi lista de correo electrónico para ser el primero en saber de las nuevas publicaciones, libros gratis, precios especiales y otros premios de la autora.

http://vanessavaleauthor.com/v/ed

1

RICKET

"Tienes diez minutos", gruñó Schmidt, arrojándome un atuendo. "Ponte esto y vuelve acá. Consigue unos zapatos que te queden". Señaló el suelo detrás de mí. El sonido de fondo de la canción que sonaba en la habitación hizo vibrar el piso y las paredes delgadas. El aroma a cerveza rancia y a humo prevalecían aún.

Miré mi nueva realidad. El espacio era pequeño, contaba con un armario gigante, una barra de luz fluorescente, fijada al techo, de resplandor áspero y dos estantes colgantes movibles que me rodeaban. Había lencería y un bikini estrecho colgando de ellos. Lencería roja, tela metálica brillante, faldas de colegiala y de porrista que hacían juego con tops cortos. En el piso, había una variedad de zapatos vulgares que gritaban "fóllame" a quien los viera, con tacones de, al menos, cuatro pulgadas, de cuero sintético, en todos los colores.

Miré lo que me había puesto. Un atuendo de enfermera. Era un vestido blanco —si eso podía llamarse así, con mangas cortas y un borde, incluso, más corto— con cierre de velcro adelante en vez de botones. Debajo de eso, tenía que ponerme un top blanco de bikini, hecho de dos triángulos pequeños, y un hilo a juego, blanco también, el cual tenía una cruz roja adelante como si mi entrepierna fuera un recurso para proporcionar ayuda médica.

Mi estómago se revolvía al pensar en lo que ellos esperaban. ¡No podía salir y desnudarme! Ni siquiera podía ponerme el traje.

"No puedo hacer esto", dije, suplicando una última vez. Había estado haciéndolo en las últimas dos horas, desde que me sacaron de mi apartamento.

"No tienes otra opción, dulzura". Schmidt —asumía que era su segundo nombre, pero eso era todo lo que sabía de él — tenía unos cincuenta años, era corpulento como un barril de whisky y un cigarro colgaba de su labio. Había visto la pistola en la pretina de sus pantalones. Nada fuera de lo normal ya que estábamos en Montana y todos llevaban una, incluso las ancianas pequeñas, pero no creía que la suya fuera tanto para protección como para cumplir sus deseos e intimidar.

A pesar de que no me había puesto un dedo encima, sabía que no dudaría en hacerlo si quisiera. Al igual que su socio, Rocky. Especialmente, porque Rocky me agarró y me sacó de mi apartamento hasta llevarme a mi coche. No tuve otra alternativa que ser traída involuntariamente a este lugar mugriento en las afueras del pueblo. Pensé en escaparme cuando se detuviera en un semáforo, pero sabía que me atraparía de nuevo, cabreado.

Quizás hubiese sido mejor haber saltado en una intersección en vez de estar donde estaba ahora. No podía escaparme de Schmidt porque era tan ancho como la puerta, pero, incluso, si pudiera, Rocky estaría acechando detrás de él. Y con los dos armados no me iba a arriesgar. No creía que fuesen asesinos, pero no dudaba de que pudiesen violarme. Su forma de persuadirme, probablemente, me involucraba a mí de rodillas o de espaldas.

"Te pagué la cantidad que te debía", le recordé nuevamente. La desesperación se nota en mis palabras.

Se rio, sus ojos vagaban sobre mí, sobre mis pantalones y camiseta. "No pagaste el interés".

"También te pagué eso. El veinte por ciento".

Él sonrió, negó con la cabeza lentamente como si estuviese hablando con una idiota. Quizás yo era una, porque estaba de pie en la habitación trasera de un mugroso club desnudista. "Cariño, yo te lo dije, es interés compuesto. ¿No aprendiste nada sobre eso en las clases en la universidad lujosa para la que pediste dinero prestado?".

Las clases de anatomía y fisiología que había tomado me habían enseñado cómo su articulación estaría estropeada si lo golpeaba en la rodilla de la forma en que quería, pero no había tenido ningún examen sobre cómo ser follada por un prestamista sospechoso. Había sido demasiado estúpida por pedirle dinero a él. Prácticamente, podía ver el diploma para el que había luchado tanto por obtener, excepto por un nuevo requisito que me había dejado atrás, sin importar cuántos turnos extra había trabajado.

Él sonrió mostrando sus dientes amarillos, torcidos. Él me tenía a mí y yo tenía la sensación de que el interés compuesto nunca iba a desaparecer. Estaba jodida. Demasiado jodida.

"Ese atuendo es especial, perfecto para ti, porque estás estudiando para ser enfermera y todo".

Tenía náuseas, dándome cuenta de que él se acordaba de por qué le había pedido dinero prestado en primer lugar. No había sido para pagar un vicio de drogas, ¡maldición! Era para la universidad, ¡para mejorarme a mí misma! ¿Por cuánto tiempo me había tenido puesto el ojo encima?

"No sé cómo desnudarme", dije, lamiendo mis labios secos, exponiendo lo obvio. Apenas podía bailar; mis amigos siempre se burlaban de que yo no tenía ritmo.

"Tú te quitas la ropa cada maldito día", contestó. "No es difícil y, mientras muestres esos senos grandes y provoques a los chicos, al final con una ojeada a esa vagina ajustada, nadie va a saberlo".

Las lágrimas me quemaban detrás de los ojos. "Nunca antes he hecho esto".

"Cariño, eres la *enfermera virgen*. Todos van a amar mirar cómo desnudas tu cereza allá afuera. Solo tienes que desnudarte las veces necesarias hasta que pagues tu deuda".

"¿Dos mil dólares?", respondí. "Eso es un ciento por ciento de interés y un montón de desnudos".

Levantó un hombro fornido. "Puedes tomar a los clientes en la habitación trasera. Los bailes en el regazo pagan más, especialmente si les das un final feliz".

Ja. Sabía a lo que se refería. Follar a extraños y chupar sus penes por dinero extra. Un final feliz para mí sería salir de aquí y no volverlo a ver nunca más.

"Puedes mostrarme lo buena que eres después de cerrar". Me guiñó un ojo y vomité un poco dentro de mi boca.

Yo no era virgen y me gustaba el sexo, pero de ninguna manera iba a hacer algo con él o con alguien más en este lugar. Negué con la cabeza lentamente, mis ojos se ensancharon.

"Puedo ir a la policía", añadí, aunque sabía que la amenaza estaba vacía.

Su sonrisa cambió a una expresión letal. "Díselo a alguien y chupar penes por veinte no va a ser lo único que vas a estar haciendo. Espero que te haya gustado ese semestre en la universidad". Él solo sonrió. "Diez minutos".

Dio un paso atrás, cerró la puerta de golpe, haciendo que sonaran los colgaderos de metal.

Tragué saliva, dejé que las lágrimas cayeran. Mierda, *¡mierda!* No podía hacer esto. No podía ponerme de pie en una habitación llena de hombres extraños y bailar o dejar que me quitaran la ropa. Ya había estado desnuda en frente de chicos, pero esas ocasiones habían sido completamente diferentes. Consensuadas. Divertidas. Un poco salvajes. No, bastante salvajes. Pero ¿esto?

Tenía mucho dinero. *Ahora.* No era así al comienzo del semestre de verano cuando le pedí prestado a Schmidt. La semana pasada, cuando recibí la carta oficial en el correo, no lo podía creer. Mi padre, a quien nunca había conocido, falleció y me dejó dinero. Un montón de dinero. Sin embargo, si le contaba a Schmidt sobre la herencia, iba a querer más que los dos mil. Nunca me dejaría en paz y por eso lo mantenía en secreto. Quería decirlo, desesperadamente, para poder salir de aquí, pero en este punto aun dudaba que me creyera.

Soy la heredera de la fortuna Steele.

Sí, claro. Él había visto mi apartamento, mi antiguo coche. Demonios, le había pedido dinero prestado a él. Ningún millonario necesitaba pedirle dinero a un prestamista.

La puerta se abrió y salté; el hilo se deslizó del colgadero y se cayó al suelo. "No te has cambiado".

Schmidt definitivamente estaba a cargo y siempre estaba ocupado. No ponía en duda que se haya follado a las mujeres que trabajaban en este club, pero él no era como Rocky. Rocky era todo un enfermo. Manoseador. Me tomaría ahora mismo si pudiera salirse con la suya. Y él me asustaba más que el jefe.

Se agachó, agarró el hilo que se quedó colgando de uno de

sus dedos. "Yo puedo ayudar". Su sonrisa resbaladiza hizo que se me revolviera el estómago.

"Voy a vomitar". Me puse una mano sobre la boca. Quizás fue por la mirada de mi rostro o, probablemente, por la forma en que me puse de color verde, que él dio un paso atrás y señaló la puerta del pasillo. Corrí hacia el baño y hacia el puesto trasero, me incliné sobre el retrete y levanté la tapa.

Se cambió la canción y supe que mi turno estaba por comenzar. Con una mano sobre la pared blanca, manchada, mi respiración se detuvo.

Terminé, me dolía el estómago, me puse de pie, dándome cuenta de que todavía estaba sosteniendo el colgadero con el traje de enfermera. De ninguna jodida manera me iba a poner eso.

"Cinco minutos", gritó Rocky golpeando la puerta. Puede que él hubiera querido ayudarme a ponerme el traje de enfermera sexy, pero parecía que marcó una línea al sostenerme el cabello hacia atrás mientras vomitaba. Se quedó en el pasillo. Estaba agradecida por eso.

Tenía que salir de aquí, de esto. Había pedido dinero prestado, sí. Cuando lo hice, supe que, probablemente, fuera algo estúpido, pero había logrado pagar todo a Schmidt a tiempo. Trabajé demasiadas horas para hacerlo. Nunca en mi vida usé drogas, ni siquiera había bebido alcohol. Nunca había fumado un cigarrillo. Había visto mucho cuando estuve en Foster para saber todo lo que eso afectaba a las personas y rápidamente aprendí que nadie más me iba a cuidar. Todo mi dinero era para pagar mis deudas y para la universidad, para poder obtener el título de enfermera y dejar de estar de cheque de pago en cheque de pago.

No obstante, Schmidt solo quería follarme, amarrarme y hacer dinero extra a costa de los que desafortunadamente se involucraban con él. Le había pagado lo que le debía. Estaba cansada de que se aprovecharan de mí. No iba a aceptarlo, no otra vez.

Me salí del baño, miré alrededor. Vi un mosaico lúgubre de color verde menta y un vidrio roto. No venían suficientes mujeres al club desnudista para que garantizaran una remodelación de este lugar. Pero aparte del vestidor, había una ventana. Una ventana pequeña, mas era una salida. Fui hacia ella, jugueteé con el seguro, luego miré por encima de mi hombro. Rocky podía venir en cualquier momento. Sabía que él lo haría si en menos de cinco minutos no salía.

Abrí la cerradura gastada, puse las palmas de las manos en la parte de mitad del marco y empujé. Se levantó, pero la pintura estaba desgastada, la madera hinchada, mis esfuerzos provocaron un crujido fuerte como señal de protesta. Mirando por encima de mi hombro una vez más, me pregunté si Rocky había escuchado eso. Afortunadamente, el fuerte ritmo de la música escondió el ruido. Una corriente de aire fresco me golpeó por la pequeña entrada que había creado y me impulsó a abrir la ventana. A dos centímetros de libertad, mi adrenalina apareció. La ventana era pequeña, pero si pude abrirla, podía derribarla. Lo haría sin importar qué. La empujé y la abrí, un poco más y luego más hasta que pudiese pasar por ahí.

Me balanceé, apreté y empujé contra la ventana, colocando las manos afuera para bloquear la cabeza mientras caía unos cuantos centímetros hacia el pavimento. Mirando a mi alrededor, me ubiqué. Estaba en el estacionamiento, el contenedor de basura se veía en frente de mí, lo que significaba que estaba muy lejos de la entrada. Todavía no estaba oscuro, quizás eran las siete en punto o algo así. A pesar de que el estacionamiento estaba parcialmente lleno, no había nadie por ahí. Nadie fue testigo de mi escape. Solo esperaba que el sitio al ser de muy baja categoría no tuviera cámaras de seguridad o al menos alguna de este lado del edificio.

Me puse de pie, me limpié las manos en los pantalones para quitarme la tierra, luego corrí hacia mi coche. Todavía tenía mi cartera de cuero colgada de medio lado sobre mi cuerpo. Con dedos temblorosos, saqué las llaves, miré hacia atrás para asegurarme de que Rocky todavía no se había dado cuenta de que yo no estaba. Como mucho tenía solo un minuto o dos.

Una vez dentro de mi coche, recé para que encendiera. Ellos no me veían como una amenaza, sabiendo que podían intimidarme —o lastimarme— si yo no seguía viniendo noche tras noche y me desnudaba hasta que la maldita deuda estuviese pagada. Ellos no necesitaban tenerme como rehén para mantenerme prisionera.

De ninguna maldita manera. No iba a volver. Nunca más. Tenía que irme de aquí. Fuera de este estacionamiento, fuera de este pueblo. Encendí mi coche y salí del estacionamiento, apenas me detuve para cruzar la calle. El corazón me latía en la garganta mientras miré por el espejo retrovisor a Rocky sacando la cabeza por la ventana abierta del baño con ojos asesinos.

No podía irme a casa ni siquiera para buscar ropa o el dinero que tenía escondido. Ellos sabían dónde vivía y no tenía duda de que ese sería el primer lugar donde me buscarían. Todo lo que harían sería agarrarme y llevarme de vuelta, la próxima vez, con un poco más de rabia y agresividad. Probablemente, se *divertirían* un poco primero. Ellos me habían subestimado esta noche, afortunadamente, pero sabía que no lo iban a hacer una segunda vez.

Me puse en dirección hacia lo más lejos del pueblo, con los edificios alejándose detrás de mí. Necesitaba perderme. Esconderme. Sabía exactamente a dónde ir.

2

RCHER

Este había sido un maldito día largo. Un accidente de tránsito en la autopista había parado la carretera del oeste durante dos horas. Milagrosamente, solo hubo daños menores. Luego, la señora Bickers llamó después del almuerzo. Había perdido la apuesta con el otro oficial que estaba de guardia y yo tuve que pasar por su casa y revisar la luz de su estufa. La octogenaria tenía dedos hábiles para una mujer de su edad y mi trasero fue pinchado no una, sino dos veces esta vez por sus inyecciones. Luego estaba el caso de violencia doméstica en la carretera Hawkins Creek. Barlow era un pueblo tranquilo y me gustaba que fuera así, un sitio contento de permanecer alejado de las mierdas con las que había que lidiar en las ciudades grandes las veinticuatro horas al día. Aunque el día de hoy había sido un recordatorio de que la mierda podía estar en cualquier lugar, incluso en un pueblo rural de Montana.

Con el sol escondiéndose lentamente detráa de las montañas, quería un baño, una cerveza, quizás ambos al mismo tiempo, luego ver el juego de fútbol en la televisión. En los próximos días que tenía de descanso, iba a permitirme unas *pocas* cervezas. Por eso fue que, cuando un coche pasó volando en dirección opuesta, rodando a ochenta en una zona de cincuenta, maldije en voz baja. No podía dejar ir a la persona sin saber si estaba ebria o no. No podía dejar de preguntarme si el tipo había matado a alguien. Parándome a un lado, di una vuelta en U y encendí la luz intermitente y la sirena del coche SUV de mi departamento de alguacil. Llamé por la radio mientras el coche se paró a un lado y se detuvo.

Me estacioné detrás de él, de modo que me cubriera y me mantuviera protegido del tráfico cuando me pusiera de pie cerca del vehículo en cuestión, luego investigué la matrícula. La pequeña pantalla de la computadora arrojó que estaba registrado a nombre de Christina Johnson, tenía etiquetas válidas, dirección de Missoula. Eso estaba a dos horas de carretera, pero no era nada en Montana.

"Buenas tardes, señora", dije, mientras me acercaba a la ventana. Hice una evaluación inmediata. Era una mujer de unos veintitantos años, de cabello oscuro. Vestía camiseta y pantalones. No había olor de alcohol, cigarro o marihuana. Llevaba el cinturón puesto. "¿Sabías que ibas a ochenta en una carretera de cincuenta?".

"Oh, um, hola, oficial", respondió con voz nerviosa. "Realmente no estaba prestando atención a la velocidad. Lo siento".

Sus nervios y respuesta tensa eran completamente normales para una parada de tráfico. Pero ella estaba sudando, su cabello oscuro seguía húmedo sobre sus sienes, incluso con los vidrios bajos. El día había sido caluroso, pero el sol se estaba escondiendo y con esto se acercaba la noche de invierno más gloriosa y fresca. Sus nudillos estaban agarrados, como en un abrazo de muerte, al volante. En mi línea de trabajo me había acostumbrado a leer a las personas y ella estaba o consumiendo drogas o asustada.

"¿A dónde te diriges esta noche?".

"A Barlow".

"Licencia y registro, señora", dije.

Ella asintió tomándose un segundo para procesar lo que había dicho. Su cartera estaba cruzada sobre su cuerpo, metida dentro del cinturón de seguridad. Di un paso atrás, usando el coche para protegerme mientras ella buscaba lo que había pedido. Era un momento vulnerable para una parada por tráfico, porque no tenía idea de lo que iba a sacar de su cartera. Llevar un arma oculta era legal en Montana —para aquellos con permisos— lo cual me ponía un poco nervioso. Yo tenía mi arma en la cintura, pero no me gustaban las sorpresas.

Mientras ella hacía eso, pregunté: "¿Cómo te llamas?".

"Cricket. Cricket Johnson".

Cricket.

Santo cielo. No podía haber dos Crickets en el oeste de Montana, ¿era eso posible? Mi corazón se saltó un latido y mi pene se movió. Era una maldita parada de tráfico, pero aun así lo hizo. Si ella era Cricket, la mujer que Sutton había estado buscando, la que reclamamos juntos y con Lee esa noche salvaje del verano pasado...

"Aquí", dijo, sosteniendo su licencia. Sus dedos temblaban y tuve que preguntarme una vez más si estaba usando alguna droga. Ella se inclinó para buscar el registro en la guantera y yo miré su identificación. Christina Johnson.

"¿Cricket es un sobrenombre, Christina Johnson?", pregunté una vez que me alcanzó el registro.

"Oh, um, sí. Lo siento, nunca me llaman Christina".

Me quedé en silencio, esperé, forzándola a que me mirara. Ella tenía el cabello largo, casi negro como el azabache, soplado por el viento y enredado. Sus ojos oscuros estaban ensanchados y se mordió su labio inferior regordete. Hermosa. Toda ella vibraba con energía. No lucía drogada, pero quién podía saberlo en estos días. La Cricket que yo recordaba no era del tipo de mujer que se drogaba, pero había pasado un año y solo había sido una noche. En mi trabajo había visto mierdas más locas que esto.

"Ya vuelvo", le dije, llevándome la información conmigo.

Volví a mi SUV del estado, ingresé su licencia en la computadora para tener más información. Actualicé el operador, dije que la parada de tráfico estaba completa. Técnicamente no lo estaba, pero estaba yendo a un área gris aquí, especialmente porque no estaba de guardia. Saqué mi teléfono.

"No vas a creer esto", dije cuando contestó Sutton.

"¿Qué? ¿La señora Bickers te pinchó el trasero otra vez?", preguntó mi amigo.

"Solo detuve a una mujer a la que llaman Cricket".

Se quedó en silencio. "Demonios, ¿es en serio?".

Miré su identificación. "Veinticinco, cabello negro, ojos oscuros. Una cicatriz de varicela a un lado de su mejilla izquierda. Jodidamente hermosa".

"Es ella. Ella también tiene una cicatriz a un lado de su rodilla derecha", añadió él.

"Las luces estaban apagadas. Yo no vi una mierda", gruñí.

"Sentiste muchísimo".

Lo había hecho. Esa noche estaba grabada en mi memoria. Sutton había conocido a la mujer de sus sueños en el rodeo Poulson y la llevó a su habitación de hotel para tener una retozada salvaje. Una noche se convirtió en dos y él descubrió que ella estaba de acuerdo en compartir. Queriendo cumplir una de sus fantasías, él me llamó a mí y a Lee, nos pidió que nos uniéramos a ellos. Dios, recordaba cada parte de esa larga noche, el gran tamaño de sus senos, el sabor de su vagina mientras la saboreaba, la sensación de sus paredes apretando mi pene mientras ella se venía cuando follé su trasero —ella había querido eso—, la forma en que me había tomado adentro de su garganta. Recordaba la manera en que había sido complacida por tres hombres que la habían convertido en el centro de su mundo. Eso fue... intenso, increíble y yo me había perdido, casi tanto como Sutton, cuando ella desapareció. Lee también.

"Te dije el año pasado que ella lo deseaba, pero estaba nerviosa. Haber oscurecido la habitación le dio la experiencia de estar con tres hombres sin ver sus rostros. A ella le encantó".

"Dios, lo sé. Tuvo tres bocas, tres penes y seis manos sobre ella". *Toda la noche.*

"Y cerca de una docena de orgasmos". Lo escuché gemir solo por hablar de eso. Ella fue la que desapareció, escabulléndose antes de que amaneciera, nunca más supimos nada. No era como si no hubiese intentado hacer una búsqueda policial con el nombre Cricket. Lo hice y nada. Había sido como un maldito unicornio. Hasta ahora.

"Esa noche está primera en mi lista de nalgadas", dije; mi pene se estaba poniendo duro ahora, incluso en una parada de control. Su historial apareció en la pantalla. "Dijiste que estaba jodidamente buena. Tienes razón". Recordaba la succión dulce de sus labios, el goteo de su vagina, sus gemidos de placer, pero nunca había visto su rostro. Por una noche salvaje, había estado con los ojos vendados y ahora podía ver.

"Mierda", gruñó, probablemente deseando estar en la patrulla SUV conmigo.

"Ella es de Missoula", le dije, leyendo lo que estaba en la pequeña pantalla de la computadora. "Ni siquiera tiene un ticket de estacionamiento. Pero hay algo que no anda bien con ella. Está nerviosa. Asustada, incluso".

"¿Por qué la detuviste?".

"Por velocidad".

"¿Dónde?".

"Por la carretera treinta y cuatro County".

"Estaré ahí en veinte minutos. No voy a dejar que se escape otra vez".

Levanté la ceja. "Hombre, no puedo retenerla por veinte minutos por un ticket de velocidad".

Justo en ese momento se bajó de su coche, corrió hacia el mío. Hasta con sus pantalones estrechos sus piernas lucían larguísimas. Recordé cómo se sintieron por mi cintura. Lo quería otra vez.

"Espera un momento", dije, quitándome el teléfono de la oreja.

"Mira, yo lo hice", dijo cuando se puso de pie en el espacio de la puerta abierta del conductor, mirándome, luego haciéndolo por encima de su hombro, como si alguien estuviera detrás de ella. La carretera de dos tramos estaba desierta ahora, solo había pasado un coche desde que la detuve. "Estaba corriendo, quebrantando la ley. He sido mala". Extendió sus brazos, puso las muñecas juntas. "Colócame las esposas".

Pasé de estar semi a completamente erecto en el lapso de tiempo que le tomó decir *colócame las esposas*. La Cricket del año pasado hubiese amado unas restricciones perversas como esa.

"Arréstame", añadió con respiración acelerada.

Sin embargo, a pesar de que mi pene pensaba de otra manera, ella no estaba hablando como una mujer haciéndole una propuesta a un hombre. Especialmente a uno con el que había tenido sexo antes, aunque ella no lo supiera. No tenía idea de quién era yo. Nunca vio mi rostro esa noche. Sí escuchó mi voz, pero habían pasado doce meses ya. No era algo que se pudiera recordar. Yo no recordaba la de ella.

Quizás si decía mi nombre en un suspiro de placer podría hacerlo, pero no estaba ni un poco excitada. Estaba asustada. *Muy* asustada. Algo la aterrorizó.

Me salí del coche, forzándola a que retrocediera y cerré la puerta detrás de mí.

"¿Quieres ir a la cárcel?", pregunté evaluándola.

No, ella no estaba usando drogas. Ella estaba corriendo porque estaba huyendo de algo. *O de alguien*. Por la forma en que miraba hacia abajo, a la carretera en la dirección de la que venía, tenía miedo de que esa persona la siguiera. Si estaba lo suficientemente asustada para *pedir* ser arrestada, entonces no iba a dejarla ir con una advertencia y enviarla de vuelta a la carretera para que se protegiera por sí misma. De ninguna jodida manera. Si estaba asustada, me iba hacer cargo de la situación.

Manteniendo los ojos en ella, me puse el teléfono en la oreja y bajé la voz. "Voy hacia donde estás. En treinta minutos, y llama a Lee", le dije a Sutton antes de desconectar y lanzar el teléfono por la ventana abierta hacia la consola central.

"Voy a necesitar registrarte".

Sus ojos se ensancharon y sus mejillas se pusieron rosadas.

"Voltéate y pon tus manos sobre el capó".

Ella lo hizo, luego me miró por encima de su hombro.

Demonios, esto era sexy. Ella era toda curvas torneadas. Recordaba el peso de sus senos en mis manos, la redondez de sus caderas, su hermoso trasero con forma de corazón. Pero eso había sido todo por tacto. Ahora podía *verla* por completo. La idea de poner una mano entre sus omóplatos para hacer que su trasero sobresaliera era muy tentadora. Necesitaba una nalgada por conducir con imprudencia. Podía darle una —amaría poner mi palma sobre esa carne jugosa—, pero Sutton era el que dominaba mejor.

Ahora no era el momento de hacer eso, ni siquiera de detenerme a pensar porque ella pensó que yo estaba sobre el reloj. Lo había estado desde que me dijo su nombre. Aun así, yo no era estúpido. En el verano pasado, se escapó a primera hora de la mañana, nunca la vimos ni escuchamos de ella nunca más... hasta ahora. Las paradas de tráfico eran peligrosas y no iba a dejar que mi pene me llevara a la muerte. No creía que ella fuese una trampa, pero no me iba a arriesgar. Si traía un arma, quería saberlo.

"¿Has consumido algún tipo de droga?", pregunté, con mi mirada recorriendo sus pantalones desgastados y su camiseta sencilla. No llevaba ninguna joya.

"No".

"¿Ningún tipo de sobredosis por drogas? ¿Agujas?".

"No". Negó con la cabeza, las puntas de su cabello largo se deslizaron sobre el capó blanco del SUV.

"¿Navajas?".

"No".

Me coloqué detrás de ella, le hice el registro estándar y superficial, manteniéndolo tan profesional como me fuera posible para la forma en que mi pene se había puesto duro al sentirla. Sí, esto me recordaba a ella.

"Todo listo", dije con voz brusca.

Ella se dio vuelta, me miró cuidadosamente, aunque su mirada se dirigió a la carretera una o dos veces.

Sacando las esposas de mi cinturón, las deslicé sobre sus muñecas delgadas, las coloqué en su lugar. Este no era el protocolo, ni mucho menos, no cabía la posibilidad de esposar a alguien que no estaba siendo arrestado ni la de mantener sus manos al frente. Técnicamente, yo no estaba de guardia y no tenía intención de llamar para avisar que tenía a alguien bajo custodia, porque ella, en realidad, no lo estaba. Ella estaba conmigo, Archer el hombre, no el oficial. No la iba a llevar a la estación, la iba a llevar al Rancho Steele. Con

Sutton y Lee. Para que estuviera entre nosotros tres otra vez. Para hablar, para averiguar qué demonios estaba pasando con ella y luego saber por qué demonios había desaparecido. Y si eso llevaba a que ella se desnudara y a que yo estuviese dentro de ella, entonces sería mejor para mí.

Mientras tanto, si ser arrestada calmaba sus pensamientos, pues así lo haría. No quería espantarla más de lo que ya estaba. Por ahora jugaría al arresto para asegurarme de que ella no estuviera en peligro. Y si necesitaba ayuda, la obtendría de tres hombres.

La tomé por el brazo; su piel desnuda era suave, sedosa y tibia, y la llevé al asiento del pasajero. Recordé haber deslizado mis manos sobre sus curvas, sobre cada una de ellas.

"¿No me vas a poner atrás?", preguntó ella, mientras me acerqué para ajustar su cinturón de seguridad en su sitio.

Inclinándome como lo estaba haciendo, crucé mi mirada con la suya. Demonios, era hermosa. Sí que tenía la pequeña marca de varicela en su mejilla. Era un pequeño círculo por su oreja y tuve que preguntarme cómo lucía la marca de su rodilla —lo haría más cerca y personalmente—. Y sus ojos, tan oscuros, eran casi negros y me miraban fijamente con una mezcla de pánico continuo y curiosidad. Inhalé, lo dejé salir. Respiré su aroma. ¿Coco? Algo tropical salía de su cabello largo.

Lo sentí. Sentí una sacudida. Era la necesidad de reclamarla justo como la había sentido esa única noche del verano pasado. Y ni siquiera supe cómo lucía. La conexión había trascendido lo superficial. Sutton, el maldito, la había conocido en el jodido rodeo mientras Lee competía. La vio, supo que ella iba a ser suya y la reclamó. Luego pasamos la noche siguiente los cuatro juntos. Sutton, Lee y yo habíamos querido quedarnos con ella. Para más que sexo. Para follar y todo, lo cual era una locura.

Pero ¿ahora? Ahora sabía que el instinto que había tenido en ese momento fue correcto. Sutton tenía razón, pasó a ser casi un monje desde esa vez salvaje, porque *ella* era la indicada. Y ahora había regresado. Atrapada.

Esposada. Era mía. Nuestra. Ella iba a descubrirlo pronto.

Se había escapado una vez. No íbamos a dejar que eso pasara de vuelta.

3

"¿De quién tienes miedo que estabas manejando tan rápido?", preguntó, luego de diez minutos por la carretera.

Me sobresalté. Mi cerebro había estado reproduciendo mi angustioso escape del club desnudista. Ahora no dudaba que Rocky me estaba cazando. No por los dos mil dólares que *supuestamente* le debía a Schmidt, sino que, de ninguna manera, iba a dejar pasar el hecho de que me había escapado de allí. Rocky era demasiado imbécil, demasiado engreído para dejar que una mujer fuera mejor que él. Estaba claro que él y Schmidt pensaban que el lugar de una mujer era estar semidesnuda en un escenario o sobre sus rodillas. Él iba a querer que le retribuyera el haberme escapado desnudándome, definitivamente, pero no solo eso iba a ser lo que tendría en mente una vez que me pusiera las manos encima.

"No sé de qué estás hablando", respondí, luego me mordí

el labio. No era una buena idea mentirle a la ley, pero no tenía ningún interés en entrar en detalles de lo que había hecho. Yo sola me había metido en este desastre, yo tenía que sacarme de ahí. Justo como siempre lo había hecho.

Miré al nombre en la tira de metal pegada a su camisa. Wade. El oficial —Wade— tenía una mano sobre el volante; la otra, descansando casualmente sobre su muslo. Él no parecía molesto porque estuviera mintiendo entre dientes. No hacía nada más, excepto manejar, lo cual me hizo exhalar lentamente una respiración reprimida.

El SUV era grande y estaba lleno de toda clase de radios y computadoras, aparatos de seguridad y botones. Pero cuando él se había puesto tras el volante, el interior se volvió pequeño rápidamente. Era un hombre grande, ancho y ardiente. Tenía unos treinta años y golpeaba cada uno de mis puntos calientes. Cabello oscuro, ojos oscuros, cejas espesas. La sombra de su barba de ayer, a esa hora, oscurecía su mandíbula cuadrada. Era difícil decir lo ancho que era porque llevaba, con seguridad, un chaleco antibalas debajo de su uniforme. Exudaba una autoridad y un mando que extrañamente me aliviaba, sobre todo después de estar con el mandón y peligroso Schmidt. Él me hacía sentir... segura.

"¿A dónde te dirigías en Barlow?", preguntó en tono de conversación mientras podía ver el pueblo en la distancia.

El lugar era pequeño y no había nada alrededor. Una pradera abierta, formaciones rocosas, colinas, una cordillera en la distancia. Largas filas de árboles de algodón colmaban la pradera verde mientras se alineaban con la corriente de un arroyo. Era un escenario bonito, pero todo lo que me importaba era que estuviera lejos de Schmidt y Rocky.

Salió una voz de la radio, pero él se acercó a la consola, presionó un botón y la calló.

Estaba contenta por la pregunta más fácil, así que respondí: "Al Rancho Steele".

No podía pensar en una razón para esconderle eso. Él *estaba* manejando. El coche se detuvo como si hubiese levantado el pie del pedal, pero solo por un segundo y sus ojos se encontraron con los míos.

Sentí el calor de su mirada y traté de no retorcerme hasta que volvió a mirar a la carretera. Guau, eso había sido intenso y se sintió como si la electricidad crujiera en el aire.

"¿En uno de los ranchos te espera un novio?".

Me miré el regazo, me sonrojé, recordando la última vez que había estado con un hombre. Había pensado que él había sido especial, que la conexión había sido muy intensa. El fin de semana que habíamos compartido fue increíble, a pesar de que había sido un amorío de rodeo, por lo cual no nos conocíamos por mucho.

El verano pasado fui con una amiga a los dos días de rodeo en Poulson y estuve más interesada en el hombre de las escaleras, quien no me había quitado los ojos de encima en toda la noche, que en los hombres que estaban arriesgando su vida sobre los toros. Había rastrillado la apariencia de su cabello corto, sus ojos oscuros y su mirada intensa. Definitivamente mayor, ese hombre tenía el aire de haber vivido una vida difícil, en lugar de la sensación de vida feliz y casual de los jinetes de rodeo, quienes usualmente tenían actitud de presumidos. Ellos siempre querían probar que podían durar más de ocho segundos sobre un toro. Yo había deseado un chico que fuese capaz de durar más.

Este hombre lucía... peligroso, al menos para la supervivencia de mis bragas que llevaba bajo los pantalones bien gastados y junto con una camiseta ajustada. Cuando se acercó, no sentí miedo. Había sido... mágico. Intenso. No fue amor a primera vista, pero, definitivamente, fue lujuria a primera vista, lo cual era una locura. Fue un encuentro poderoso y salvaje al perderme en la cama con él inmediatamente. No dejamos su habitación de hotel durante dos días porque, simplemente, nos habíamos conectado el uno con el otro.

Sentí una atracción tan profunda por él que nunca antes había sentido por otro hombre... ni volví a sentir después. Nos había tomado un día juntos para compartir nuestros secretos más oscuros, nuestras perversiones más salvajes. Estuve preocupada, incluso avergonzada por compartir las mías, pero él no se rio, no me hizo avergonzarme. En vez de eso, se encargó de cumplir cada una de ellas, quizás porque las de él eran compatibles con las mías. Un yin para su yang. Más como una sumisa con su dominante natural.

Él hasta hizo realidad una de mis fantasías más alocadas trayendo a sus dos mejores amigos a la cama con nosotros. Fue todo anónimo para mí, así fue como lo quería. Él apagó las luces, el lugar quedó lo suficientemente oscuro para que yo no fuera capaz de verlos. Ellos no pudieron verme tampoco, a menos que fueran hombres lobo extraños o algo similar.

Yo no había visto sus rostros, solo pude escuchar sus voces, sus promesas oscuras, sus palabras sucias, sentí sus manos, sus labios, sus penes impresionantes. La oscuridad había tranquilizado mi mente, me había hecho olvidar que estaba con tres hombres, con extraños. ¿Una locura? Absolutamente. ¿Increíble? Definitivamente.

Habían sido *buenos* chicos que hicieron de aquella noche algo espectacular, que me habían dado más orgasmos de los que yo pensaba que sería posible. Una fantasía hecha realidad y para recordar. A pesar de que no era algo que yo intentara contar a mis nietos, definitivamente, podía mirar atrás cuando fuese mayor y saber que fui lo bastante valiente para tomar lo que quise y encontrar tres hombres gentiles, dulces, dominantes y lo suficientemente expertos para dármelo.

Sin embargo, solo había sido un fin de semana, una aventura, y yo tenía mi internado de enfermería al que volver. La asistencia era obligatoria para pasar las clases y, a pesar de que los orgasmos —y los hombres— habían sido espectaculares, no podía desperdiciar mi oportunidad de tener una carrera. No hablamos de nada durante el fin de semana y supe que no habría ataduras. Por el largo camino desde Poulson a donde estaba el hospital en Missoula, tuve que irme antes de que amaneciera para llegar a tiempo a mi guardia.

No habíamos intercambiado números, estuvimos muy ocupados haciendo otras cosas. Y cuando me fui, asumí que se había terminado. Una aventura de rodeo no era algo a largo plazo. ¿Quién iba a querer una relación con una mujer que quería tres hombres? Fue un momento salvaje, pero la realidad de la escuela de enfermería y de trabajar a tiempo completo había vuelto en venganza. Hacer dinero suficiente para pagar las facturas —la renta, el seguro, la comida y la matrícula— me había tenido trabajando cada minuto que no estuviera en la universidad o durmiendo.

A pesar de que sabía cómo lucía él desnudo y todas las cosas perversas que el bombón del rodeo podía hacerme, solo sabía su primer nombre. Sutton. Y con respecto a sus amigos, quienes se habían unido a la diversión, no sabía nada. Fue completamente ridículo haber desnudado mi cuerpo y mi alma así sin siquiera haber sabido sus malditos nombres. Me había odiado a mí misma todos los días por eso desde entonces. El año pasado había jugado al juego del *y si*.... ¿*Y si* Sutton hubiese querido llamarme? ¿*Y si* los tres me querían para algo más que una follada salvaje? ¿*Y si*...? ¿*Y si*...?

Así que todo lo que tuve fue ese fin de semana salvaje con Sutton, la única noche con tres hombres asombrosos que me mantuvieron caliente. Cómo utilicé mi vibrador y mis dedos para hacerme venir luego de esa experiencia no se sintió para nada como estar con esos tres. Había rechazado a cualquier chico que me invitó a salir desde entonces lo. Ninguno de ellos era Sutton y parecía que él era el único al que anhelaba. Bueno, a sus amigos también, pero eso no había sido real, solo fueron dos grandes objetos en la oscuridad.

"No tengo novio". Levanté mis muñecas esposadas haciendo sonar el metal. "Realmente no estoy bajo arresto, ¿verdad?".

Encendió las luces intermitentes, bajó la velocidad y esperó a que pasara un coche desde el otro lado antes de cruzar a un costado de la carretera. "No". Inclinó su barbilla hacia el divisor de plástico transparente detrás de nosotros que separaba el frente del interior del vehículo de los que estaban arrestados detrás. "No estarías sentada aquí si lo estuvieras".

"Entonces, ¿por qué estoy esposada?".

"Porque querías que te pusiera las esposas".

El profundo tono de su voz me hizo pensar en cosas oscuras y prohibidas con esas palabras. Él estaba en una posición de poder —yo, voluntariamente, le había dado el control de mí, prueba de esto fue el registro inofensivo, aunque muy atractivo, luego las esposas— y esto fue tranquilizador para mí. Sentí como si mi carga se aliviara, mi huida de Schmidt y de Rocky ahora estaba en sus manos. Me gustaba eso. Lo necesitaba. Yo controlaba cada faceta de mi vida. Cada momento era planeado, cada centavo contabilizado. Anhelaba a un hombre que pudiese dominarme, que me permitiera confiarle todas las decisiones que hubiese que tomar, que me dejara aclarar mi mente y solo... estar.

Las esposas eran la prueba física de esa dominancia y él tenía razón, sí que las quería puestas. Quería que él tuviese el control. El hecho de que él reconociera eso era embriagador. Sorprendente. Atractivo.

Una locura, sí, especialmente porque era un extraño. No obstante, tenía la sensación de que era un buen hombre, que se tomaba su rol muy en serio. Su trabajo lo ponía en una posición de confianza y, en el fondo, sabía que no se iba a aprovechar de eso. Dudaba que parara el SUV de oficial y abusara de mí, incluso si yo lo aprobaba, pero esto me tenía moviéndome en el asiento, recordando cómo esa única noche, con los tres chicos, me habían atado las muñecas con uno de sus cinturones de cuero amarrado a la cabecera de la cama. *Eso* fue ardiente, el momento se cargó con el juego del control. El balance se había inclinado —bajo mi propia elección— a su favor. Ellos me hicieron venirme, primero con sus bocas, luego con sus penes, volteándome de espaldas, con piernas abiertas, luego de rodillas.

Me aclaré la garganta. ¿Por qué, de repente, estaba pensando en ellos, en ese fin de semana, en esa noche, en lo que pudo haber pasado si simplemente me podría haber quedado con la información de contacto de Sutton o le hubiese dejado la mía?

"Entonces, ¿a dónde me llevas?". Le pregunté mientras nos dirigíamos a las afueras del pueblo una vez más, esta vez hacia el norte.

"Al Rancho Steele como querías".

Me sonrojé, dándome cuenta de la dirección en la que habían ido mis pensamientos cuando él solo estaba siendo amable. "Gracias", murmuré aliviada.

No estaba emocionada por la posibilidad de que Schmidt o Rocky encontraran mi coche abandonado a un lado de la carretera y lo que harían con él si lo hallaban, pero me sentía lo suficientemente segura sabiendo que había desaparecido mi rastro. Nada se había resuelto, pero por ahora, podía descansar y pensar en lo que iba a hacer.

Nos salimos de la carretera unos minutos después, pasamos debajo del arco de madera del rancho y condujo por el largo camino de entrada. ¿Esto era mío? ¿Este hermoso pedazo de propiedad? Y cuando la vista del rancho estuvo a la vista, jadeé.

"¡Es enorme!", exclamé inclinándome hacia adelante y colocando mis manos sobre el tablero.

El oficial Wade me miró, luego estudió la casa que se hacía más grande a medida que nos acercábamos. Era blanca, de dos pisos, con un porche en la entrada. "Creo que fue construida por el abuelo de Aiden Steele".

Se estacionó en frente de la casa y apagó el SUV. Él se bajó y yo miré fijamente la casa que era mía. O, al menos, una parte era mía. Pero me pertenecía a mí. ¡A mí! También toda la tierra alrededor si la carta del abogado era correcta. Y lo era. Lucía muy oficial y legal. Ni siquiera tuve que firmar los papeles. Un padre a quien nunca conocí me dejó todo esto. Era un hecho que me tenía preguntándome muchas cosas. ¿Había sabido algo sobre mí? ¿Sabía que mi madre me había abandonado?

Ahora podía permitirme ir a la universidad de enfermería. Podía permitirme todo lo que quisiera. Incluso, podía pagar el ridículo porcentaje de interés de Schmidt, pero eso no significaba que él me fuera a dejar en paz, especialmente cuando descubriera la cantidad de dinero que realmente tenía.

Sin embargo, eso no era algo por lo que tuviese que preocuparme ahora. Primero, tenía que averiguar cómo entrar en la casa. ¿Será que el oficial Wade solo me dejaría aquí una vez que me quitara las esposas? El papel del abogado había quedado en el escritorio de mi apartamento.

Él se acercó a mi puerta del coche, la abrió y me ayudó a bajar, dejando una mano en mi codo. Cuando dio un paso atrás, noté que dos hombres salieron del porche, bajaron desde las escaleras centrales hasta la pasarela de piedra y se detuvieron a unos pocos centímetros delante de mí.

Mi corazón se paralizó al ver a Sutton. Aquí. En el Rancho Steele.

Parpadeé, luego otra vez, pensando que él no era real. Lucía igual como lo recordaba. Más de seis pies, musculoso, aunque delgado. La primera vez que lo vi en las escaleras del rodeo me había recordado a un luchador. No solo por su físico, sino también por su comportamiento. Contornos duros, miradas profundas. Con su cabello corto, oscuro; mirada intensa, oscura también, mandíbula fuerte y expresión pensativa, no había cambiado ni un poco. Cada línea de su cuerpo estaba tensa. Él exudaba poder, fuerza y calma al mismo tiempo.

"Cricket", dijo él.

Esa voz profunda, familiar, provocó un escalofrío bajo mi columna vertebral. Mis pezones se endurecieron instintivamente cuando mi cuerpo lo reconoció. Había esperado encontrarme con él durante meses, pero ¿aquí? ¿Ahora?

Los eventos del día me tenían agotada y ver a Sutton me dejó tambaleándome. Repasé los últimos sucesos, Schmidt y Rocky secuestrándome y llevándome al club, creer que me iban a forzar a desnudarme, escaparme, huir, todo era demasiado. Yo era una mujer simple. Trabajaba, iba a la universidad. Dormía. Yo no *hacía* cosas. La cosa más loca que me había pasado en la vida fue ganarme una oferta doble en un cupón de una tienda.

"Cricket", repitió él, esta vez con voz más profunda, más intensa.

Me estremecí, luego corrí hacia él. Él enrolló sus brazos alrededor de mí; los míos seguían esposados y estaban pegados contra su pecho. Cerré los ojos, respiré su aroma masculino, sentí el latido de su corazón. Me rendí, cedí. Exhalé.

4

Sutton

"Es hora de que nos digas qué está pasando".

Después de que la abracé, respiré y sentí su aroma para convencerme de que realmente estaba en mis brazos. Fuimos adentro de la casa principal, al gran salón, hacia los grandes sofás. Había pedido las llaves a Jamison después de que Archer llamó y teníamos la puerta abierta antes de que ellos llegaran. Como ninguna de las otras dos herederas, Kady o Penny, vivían en la casa —las dos se habían mudado con sus hombres— la casa permanecía cerrada, excepto para las comidas grupales que Penny insistía en tener cada domingo. El aire se notaba un poco congestionado por las ventanas cerradas, así que dejamos abierta la puerta del frente, detrás de nosotros, para dejar que entrara el aire fresco.

Estábamos en la sala principal y tenía a ella sentada en mi regazo; mis brazos se enrollaban a su alrededor; mi barbilla reposaba sobre su cabeza. Ella no había mencionado que las esposas seguían en sus muñecas, probablemente, porque estaba tan estupefacta como nosotros al encontrarnos y nos habíamos olvidado de quitárselas.

Nunca esperé verla otra vez, me había resignado al hecho de que había pasado un fin de semana con la mujer de mis sueños y eso fue todo. Que la había asustado con la pesadilla esa primera noche que estuvimos solos y ella no quería lidiar con eso. Por eso es que cuando mencionó su fantasía de ser follada por muchos hombres a la vez, se lo concedí. Bueno, accedí porque la organicé para que fuera con Archer y Lee. No podía haberla compartido con nadie más. Había vivido el último año con recuerdos de su sentir, sus sonidos, su tacto, su risa.

Ahora se sentía tan bien en mis brazos y respiraba su esencia. Reconocí su aroma como si fuera elemental. Un champú floral, algo de chicas, y algo que era solo de Cricket. Ella era ágil y exuberante, con músculos delgados y curvas suaves que no había olvidado. Nada de ella era olvidable. La forma en que me miraba de igual forma me maravillaba, como una gatita descarada o una combinación de colegiala tímida con mujer desafiante. Amaba cada faceta de ella. Era terriblemente inteligente y tenía un aire que yo reconocía; se notaba su vida vivida con dificultad. Las cosas no habían sido fáciles para ella y yo eso lo reconocía en esa mirada, porque yo también la tenía. Sin embargo, ella no estaba derrotada, más allá de la mierda con la que tuvo que crecer, estaba teniendo éxito.

No habíamos hablado tanto ese fin de semana, menos aún de algo profundo, como por qué demonios la había despertado gritando, destrozando cosas y sudando como si hubiese corrido un maratón, pero eso no importaba. Demonios, ni siquiera habíamos compartido nuestros apellidos o números telefónicos, aunque a mí me había dado miedo darle el mío. Entonces, fue demasiado tarde.

Ella tomó la decisión por mí cuando se fue antes del amanecer.

Sin embargo, algunas veces, nada de esa información era necesaria. Los nombres, los detalles sobre alguien. Yo solo sabía. Lo *sabía*.

Su boca era la última que quería besar. Sus senos eran los últimos que quería chupar. Su vagina era la última que quería probar, follar. Y si pensaba en su trasero... me vendría con ella sentada en mi regazo. Ese fin de semana había sido...

Ese fin de semana... maldición.

Había sido increíble. Increíble. Absurdo. Y luego, puf. Ella se fue. Literalmente, desapareció. Y Archer, que era un maldito oficial, no pudo rastrearla. Yo estuve jodidamente malhumorado los últimos doce meses; mi pene la extrañaba. También mi corazón.

Y, de repente, ella apareció de la nada.

¿Destino? ¿Coincidencia? ¿Casualidad?

No me importaba una mierda ninguna de esas palabras sofisticadas. Yo era la última persona poética en la Tierra. Eso era más para Jamison, el cuidador del rancho, que para mí. Yo era directo. Flagrante. Pero con Cricket, parecía que no había sido lo suficientemente obvio. Si lo hubiese sido, ella no se habría escabullido antes del amanecer ni habría desaparecido. Hubiese sabido que yo la reclamé, que mis dos mejores amigos no la habían visto, y que también querían estar con ella. Que, incluso, si yo no podía compartir una cama con ella para dormir a causa de mis pesadillas, Archer y Lee, fácilmente, podían mantenerla caliente.

Pero no. Yo lo había arruinado.

No iba a dejar que eso volviera a suceder. Yo no era lo que cualquiera podría llamar un verdadero dominante. No había tenido una mierda de entrenamiento en esto, pero era un mandón en la cama y quería que mi pareja se sometiera. Cricket había hecho eso hermosamente porque era lo que ella había querido. No solo para una noche de juego, sino para todo el asunto. Para cederme el control, sus pensamientos, su placer. Y a Archer y a Lee. Ella había estado justo ahí conmigo todo el fin de semana. Lo sabía. No había dudado de su sumisión ningún día desde entonces.

Una vez que descubriéramos por qué Archer creyó que lo mejor fue ponerle las esposas, por qué estaba conduciendo tan rápido para que la detuvieran, por qué estaba asustada de algo, las cosas se aclararían. Debíamos escuchar la verdad, saberla, sentirla. Ella estaba aquí y no se iba a ir a ningún lado.

"Cricket", repetí, esta vez con el mismo tono profundo al que respondió tan bien antes. En el fondo la *conocía.* Pero no conocía la mierda de todos los días, las cosas que la estaban afectando ahora.

Negó con la cabeza contra mi pecho.

Miré a Lee, quien estaba sentado en la mesita de café, en frente de nosotros, con sus codos sobre sus muslos, solo mirándola.

"No entiendo por qué ustedes están aquí", dijo finalmente, giró la cabeza hacia mi amigo. "Y quiénes son ustedes".

"Yo soy Lee, cariño". Él se acercó, puso su mano sobre su rodilla, deslizó su pulgar hacia adelante y atrás. Él siguió ese gesto dándole su sonrisa característica. "Probablemente no me reconozcas porque estaba oscuro en la habitación de hotel de Sutton y ese era el punto, pero lo harías si tuvieses mi pene nuevamente dentro de tu vagina".

Ella se puso rígida entre mis brazos. No estaba seguro de si debía matar a Lee o agradecerle. "Archer y Lee son los hombres que compartieron contigo esa noche", aclaré antes de que pensara que Lee era un maldito pervertido.

Archer se acercó, se puso de pie detrás de la mesa de café, se cruzó de brazos.

"Oh, dios mío", suspiró ella. Levantó la cabeza y asumí

que estaba mirando a Archer. "¿Lo sabías cuando me detuviste?".

Él negó con la cabeza. "No. No hasta que dijiste que tu nombre era Cricket. Yo llamé a Sutton para que me lo confirmara".

"No hay muchas Cricket por ahí", añadió Lee.

Me moví para poder levantarle el mentón y deslizar mi pulgar sobre su familiar cicatriz de varicela a un lado de su mejilla. "Recuerdo esto… y otras cosas sobre ti", dije.

Sus ojos se encontraron con los míos y, a pesar de que sus ojos oscuros estaban llenos de confusión, vi calma en ellos. ¿Quizás felicidad?

"…Como la forma en que te gusta que te acaricien el cabello". Levanté la mano, deslicé mis dedos a través de sus largas hebras, recordé que había estado puesto hacia atrás en una cola de caballo cuando la conocí por primera vez en el rodeo. "…La forma en que me sonreíste frente a la arena y me arruinaste por completo".

Ella contuvo la respiración y sus ojos cayeron a mis labios.

"Lo bien que sabías", continué, deslizando mi pulgar sobre su labio inferior.

Sacó su lengua y lo lamió. Mi pene se puso duro como una roca instantáneamente.

"Y más abajo", añadí, deslizando mi pulgar dentro de su boca para que lo chupara y enrollara su lengua alrededor de este como si fuera el glande de mi pene.

Aparté mi mano, no estaba seguro de si podía manejar más recuerdos de lo hábil que era de rodillas. Mis pelotas dolían por la necesidad de hundirse dentro de ella y mis pantalones estaban estrangulando mi pene.

"¿También te acuerdas?", pregunté.

Ella cerró los ojos, asintió. Sus labios seguían separados;

su respiración, entrecortada. Ella no era indiferente y eso me dio esperanza.

"¿Recuerdas cuando montaste mi pene?", preguntó Lee. "Eres la mejor vaquera que haya visto. Te quedaste arriba mucho más de ocho segundos".

Esa línea era vieja y cursi, pero ciertamente aligeró el ambiente.

"¿Y de mí? ¿Te acuerdas de mí?", añadió Archer, mirándola con ojos oscuros. Puede que él estuviera usando su uniforme, pero no estaba de guardia. No, estaba hablándole como hombre.

"¿Tu nombre no es Wade?", preguntó ella.

Archer miró hacia abajo en dirección a su pecho, vio la placa con su nombre. "Lo es. Archer Wade. Y yo te recuerdo. Yo fui el que folló tu trasero, el que reclamó esa virginidad, el que te hizo venirte tan duro, ¿cierto?".

Un gemido se escapó y se movió en mi regazo. Oh, sí, ella se acordaba.

Pero eso no era para ahora. Besarla, tocarla, amarla. Follarla. No, había algunas cosas que teníamos que saber primero.

La levanté de mi regazo para que se pusiera de pie entre Lee y yo.

Ella tenía unos pantalones y una camiseta. Llevaba zapatos deportivos. Nada lujoso, pero lucía perfecta para mí. Aunque luciría mucho mejor desnuda.

Pronto.

Archer se movió hacia la pared, encendió el interruptor de la luz y la iluminación que venía del techo colmó la habitación ahora que la oscuridad se estaba imponiendo. Se dejó caer en el sofá al lado de mí.

Ella me miró, vi el miedo ampliarse en sus ojos, luego levantó el mentón como si estuviera decidida. No estaba seguro de si tenía miedo de mí o de algo más. De cualquier manera, apreciaba su honestidad, incluso si ella no sabía que lo estaba mostrando.

"Yo estoy... esta es mi casa. Yo la heredé". Sus palabras se volvieron más seguras a medida que seguía hablando.

Archer, Lee y yo nos congelamos, la miramos fijamente. ¿Qué?

"¿*Tú eres* una de las hijas de Aiden Steele?", pregunté. Si ella hubiese dicho que había sido uno de los payasos del rodeo Poulson, no hubiese podido sorprenderme más.

Cricket encogió ligeramente sus estrechos hombros, claramente insegura de si yo creía que era algo bueno o malo. "Recibí una carta la semana pasada que decía que lo era".

"¿Nunca lo supiste?", preguntó Lee; su rostro era una mezcla de sorpresa y de duda. Era un poco difícil imaginarse que alguien no sabía quiénes eran sus padres, especialmente alguien que vivía a unas pocas horas de aquí. Pero ni Kady ni Penny lo habían sabido tampoco.

Lee era el feliz afortunado de nosotros tres. Ser un jinete de toros profesional significaba que era serio sobre la espalda de un toro, pero fuera de ahí, él era todo risas y sonrisas. Él no vio la mierda que yo había visto en el ejército, ni había vivido en el infierno y regresado. Él no tenía que lidiar con personas groseras y criminales diariamente como Archer. Puede que un toro pudiese molestarse con él por amarrar sus bolas y montarse en su espalda, pero los animales nunca hablaban. Y una vez que pasara los ocho segundos sobre el toro, la pelea se habría terminado. Sin armas, sin chicos malos. Sin persecuciones de carretera. Sin pesadillas.

Ella volteó la cabeza hacia él. "No conocí a ninguno de mis padres. Mi madre me abandonó cuando tenía dos meses. Estuve en un orfanato hasta que cumplí dieciocho y fui lo suficientemente mayor".

Si su certificado de nacimiento tenía a Aiden Steele como su padre, esto hubiese hecho el trabajo de Riley como albacea del estado mucho más fácil. Ella hubiese sido fácil de encontrar. En vez de eso, había tomado más de seis meses, suponía, para que sus investigadores contratados la encontraran. Me imaginaba a una Cricket más joven en un orfanato, sin tener nunca unos padres de verdad ni sentir el amor de sus progenitores.

Miré a Archer y él supo exactamente lo que estaba pensando. Al ser amigos desde hacía mucho tiempo, algunas veces no eran necesarias las palabras. Él sacó su teléfono, empezó a redactar un mensaje. Riley tenía que saber que ella estaba en el rancho.

"¿Qué están haciendo *ustedes* aquí?", preguntó ella.

Levanté la mano, la deslicé por su espalda, sentí las crestas de su columna. "Yo trabajo aquí. Entreno a todos los caballos".

"Y yo estoy de descanso entre rodeos. Soy amigo de Sutton y de Archer. Mejores amigos como dirían las chicas. Tengo una casa en Sheridan, pero entreno mi caballo aquí y me quedo bastante en la cabaña. Especialmente entre competencias", añadió Lee.

"Tú conoces mi trabajo y, como dijo Lee, estos dos son mis amigos", agregó Archer, colocando su teléfono en su bolsillo otra vez. "Yo llamé a Sutton cuando me llevé tu identificación al SUV. Necesitaba que me confirmara que tú eras *la* Cricket".

"¿Esta es una *gran* coincidencia entonces?", preguntó ella.

Me encogí de hombros. "Puedes llamarlo así". Destino. Definitivamente seguro.

"¿Qué te tenía tan asustada?", preguntó Archer, cambiando su voz con autoridad.

Se puso rígida, como si la hubiesen electrocutado y presionó sus labios juntos.

"Cuéntanos, cariño", murmuré, tratando de mantener el balance para que nos contara todo y no se asustara.

"¿Por eso es que todavía tengo las esposas?", preguntó ella, señalándoselas a Archer.

"Te dije de camino aquí que tú quisiste que te las pusiera. Te hacen sentir mejor, ¿no es así?".

"¿Qué? ¿Estar esposada?", se burló.

Negué con la cabeza. "No, saber que Archer está a cargo. Que no podías hacer nada más que dejarlo dirigir. Es lo mismo que con nosotros ahora, justo como lo fue esa única noche. Todo el fin de semana conmigo. Danos tus problemas, cariño".

Se mordió el labio inferior, miró hacia el piso.

Miré a Lee y se encogió ligeramente de hombros. Tenía que ser algo serio. Por lo que sabía de Cricket, no estaba llena de drama, era bastante simple. Si algo estaba mal, lo suficientemente mal para *pedirle* a Archer que la arrestara, entonces era algo grande.

"¿No nos vas a decir?".

Su mirada oscura se encontró con la mía.

"Última oportunidad", añadí.

Sus ojos se ensancharon y se alejó, pero enganché mi mano alrededor de su cintura y la halé contra mí, luego la moví así que estaba inclinada sobre mis muslos y su vientre sobre el sofá. Su cabeza estaba sobre Archer y él tomó las cadenas que unían las esposas.

"¿Qué están haciendo?", preguntó, tratando de quitarse de mi regazo, moviéndose y retorciéndose como un pez en una línea. Enganché un pie sobre sus tobillos, inmovilizándola en el lugar.

Lee dirigió su mirada a la mía, luego él se acercó al botón de sus pantalones, desabrochándolo y bajándole el cierre, luego tiró de la tela sobre sus caderas junto con su ropa interior. Él se instaló a mitad de los muslos, inmovilizando sus piernas juntas.

"¿Cuál es tu palabra de seguridad, cariño?".

5

Sutton

Ella se calmó entonces, dándose cuenta de que no nos estábamos aprovechando. Nunca la iba a forzar a ser nalgueada, a desnudarse, aunque fuera solo parcialmente.

En vez de eso, la estábamos dominando, justo como lo hicimos en el verano pasado. Con la pregunta de la palabra de seguridad, ella tenía el control aquí. Ella tenía todo el poder. La dejaríamos tranquila, le arreglaríamos sus pantalones y le traeríamos un maldito chocolate si eso era lo que realmente quería. Nos lo iba a decir alguna vez, pero era más rápido de esta manera. Esto era lo que quería. Ella había retrocedido a una esquina y necesitaba que la hiciéramos decir esa palabra. Era confuso y misterioso, pero era lo que necesitaba.

"Rojo", murmuró.

Acaricié la carne cremosa de su trasero con una mano. Estaba tibio, sedoso, suave y tan hermoso como lo recordaba.

"Buena chica", murmuré. Sí, esto era lo que ella quería. En el verano pasado, no habíamos empezado con ninguna palabra de seguridad elaborada, nos fuimos a lo básico. "Tú quisiste que Archer tomara el control y él no lo ha abandonado todavía. Tú dices *rojo* y te dejaremos ir".

Ella me miró de vuelta por encima de su hombro. Vi el nerviosismo, la sorpresa, también la necesidad. Sus mejillas se sonrojaron; su cabello era una mata salvaje sobre su rostro.

"¿Quieres decir rojo?", pegunté, esperando, dándole una última oportunidad.

Por la forma como me miró fijamente podía decir que estaba pensando y bastante. Archer y Lee permanecían callados, esperando pacientemente. Mi corazón dio un vuelco en mi pecho y me pregunté si tendríamos la misma conexión después de un año.

"No".

Suspiré interiormente. Gracias al cielo.

"La pregunta es ¿qué te tiene corriendo, asustada? Responde cuando estés lista".

Empecé a darle nalgadas, no tan fuertes, solo un calentamiento, en un cachete, luego en el otro. Su carne se sacudió debajo de mi palma; la piel se puso rosada instantáneamente. El sonido de las nalgadas llenaba la habitación. Su cabeza estaba recostada en la parte posterior del sofá y pude ver sus expresiones. Sus ojos estaban cerrados, apretados; su rostro, arrugado. Sus mejillas estaban sonrojadas mientras trataba de contener la respiración, pero como continué, empezó a jadear.

"¿Quién está a cargo, cariño?", pregunté.

Como no respondió, la nalgueé otra vez, un poco más fuerte. Ella se sacudió, siseó, luego gritó: "¡Tú!".

Suavicé la picadura con mi mano sobre su piel roja, sentí el calor.

Enredada

"Es cierto. Lo estoy, junto con Archer y Lee hasta que digas la palabra de seguridad. Eso significa que no tienes ningún problema. Ninguna preocupación. Nos la entregas a nosotros".

Ella negó con la cabeza. Terca, ¡mujer terca! La nalgueé otra vez.

Se le escapó un sollozo, sus manos se apretaron en puños.

Mi palma bajó una vez más. Se desplomó sobre mi regazo y gritó.

Finalmente. Demonios, odiaba las nalgadas como estas. Me encantaban los combates divertidos, especialmente mientras follaba, pero ¿esto? Ella tenía que rendirse. No había nada que ella pudiera decir que sus hombres no pudieran manejar. Un hombre de la ley, un marino y un tipo lo suficientemente loco para saltar sobre la espalda de un toro estaban aquí para protegerla, incluso si era de ella misma.

Archer alivió la presión en las esposas y Lee tiró de su ropa hacia atrás, recogió a Cricket entre sus brazos y la puso cuidadosamente sobre su regazo. La mano de él fue al cabello de ella, lo peinó hacia atrás desde su rostro y él se inclinó hacia abajo y le susurró algo. No podía escuchar sus palabras; su llanto se calmó, pero no se detuvo.

Demonios, odiaba verla llorar. Apreté los dientes por el solo hecho de mirarla tan molesta.

Esperamos a que lo sacara todo, que las lágrimas se secaran. Cuando lo hizo, Lee se puso a cargo. A él no le gustaba nalguear, no era lo suyo. Yo era el dominante de los tres, pero sabía que él no la iba a dejar levantarse sin que nos dijera lo que estaba pasando.

"¿Te sientes mejor?", preguntó él. Ella asintió, volteó la cabeza hacia su pecho. "Ey, no te limpies los mocos sobre mí".

Ella se rio con eso, luego se sorbió la nariz. "Lo siento", murmuró ella.

"No, no lo sientas", replicó Lee, con una sonrisa y elevando la comisura de su boca. "Está bien, cariño. ¿Qué es eso tan malo por lo que estás arruinando mi camisa?".

"Yo... lo arruiné".

"Todos lo arruinamos", replicó él. "Sutton lo arruinó cuando no te pidió tu número de teléfono".

Apreté la mandíbula, pero permanecí en silencio.

Ella respiró profundo, se sorbió la nariz una vez más.

"Cariño, no hagas que Sutton te ponga sobre sus rodillas otra vez", continuó Lee.

"Le pedí dinero prestado a la persona equivocada", dijo ella, con su voz derrotada.

Mi mirada se volvió hacia la de Lee. Sus ojos eran de color azul pálido y tenía hoyuelos en las orillas por estar tan jodidamente feliz todo el tiempo, pero su sonrisa se esfumó de su rostro con las palabras de ella. Sus ojos se estrecharon.

"Necesitaba reparar mi coche y tuve que usar el dinero de la matrícula para arreglarlo. De otra manera, no hubiese podido ir a clases. Así que lo arreglé y pedí el dinero prestado para la clase. *Una* clase, un semestre, eso es. Yo trabajo en dos empleos para no tener que pedir ayuda financiera y me está tomando una eternidad obtener mi título, encima el asunto del coche lo arruinó todo".

Ella era mayor que los chicos habituales de la universidad. Archer había dicho que tenía veinticinco. Según lo que había dicho, se estaba rompiendo el trasero para pagarse todo ella misma.

Kady, la primera heredera Steele que apareció en el rancho, había sido criada por sus padres, su madre y un hombre con el que se había casado y que Kady pensaba que era su padre. Por la forma en que ella hablaba de ellos, habían sido muy buenas personas y le habían dejado dinero suficiente para que fuera a la universidad antes de que murieran. En cuanto a Penny, la otra mujer heredera, su familia era rica y le habían pagado la universidad, incluso el programa de la maestría, pero solo para los beneficios personales de la carrera política de su madre, no porque Penny realmente hubiera querido ser una geocientífica subsuperficial. Yo conocí a Nancy Vandervelk, la madre, el mes pasado; escuché el diálogo donde se notaba cómo ella había usado la necesidad de afecto de Penny para manipularla. La madre era una perra fría, de piedra. Pero eso era otra historia.

Cricket se sentó, nos miró a los tres. Su rostro se veía manchado y rojo, era sincero.

"Yo le pagué. Todo el dinero y los intereses también", nos dijo con palabras casi desesperadas. Obviamente, era importante que lo hiciera sola. "No iba a estar en deuda con nadie. Pero él decía que le debía más. Interés compuesto. Yo no tengo dos mil dólares".

"¿Dos grandes?", dijo Archer, llevándose una mano a la parte trasera de su cuello. Él estaba furioso, aunque era bueno escondiéndolo. Por la forma en que se marcó su mandíbula, supe que estaba listo para ir a rastrear al maldito.

Ella suspiró ruidosamente. "Ellos fueron hoy a mi casa, me hicieron ir a su club desnudista para que les pagara el dinero en el escenario. Él hasta llegó a decir que iba a pagar el dinero más rápidamente haciendo bailes privados, los cuales no eran *bailes* exactamente".

Archer se puso de pie, empezó a caminar.

Maldición, pensar en Cricket siendo forzada a bailar para extraños... maldición. Si ella quería hacer un pequeño desnudo, incluso un baile en el regazo de alguno, todo sería en juego y sería con nosotros. Nadie más la vería así. "¿Te lastimaron? Te hicieron...".

Ella negó con la cabeza. "No. No hasta entonces, pero se suponía que debía ponerme este traje cachondo de enfermera y desnudarme después". Espetó las palabras con rabia encendida. "Eso *no* iba a pasar. Ellos me amenazaron… bueno, se imaginarán". Cricket giró la cabeza para mirar a Lee. "Yo *nunca* me he desnudado. Y con respecto a nosotros, sé que aquello que hicimos el verano pasado fue muy salvaje, realmente peculiar, pero yo no soy así, al menos no con nadie más. Yo no soy…", juró, como si fuera crucial que entendiéramos eso.

"Shh", Lee la calmó, agarrando su rostro en sus manos. "Por supuesto que no lo eres. Nunca pensamos que lo fueras. Demonios, cariño, si nos hubieses dejado tu número, habrías sabido lo mucho que te queríamos; esa única noche no fue suficiente. Sabrías lo mucho que te queremos ahora".

La boca se le cayó y sus ojos se ensancharon. Mierda, ella había pensado que solo la habíamos querido para un fin de semana, para una aventura.

"¿De verdad?".

"De verdad", añadió Archer mientras se sentaba de nuevo, asegurándose de que ella supiera que todos sentíamos lo mismo. "Lee y yo nunca vimos tu rostro. Te hemos querido desde entonces. Yo simplemente no pude encontrarte".

Las lágrimas se deslizaron por sus mejillas mientras Lee bajaba sus manos; ella estaba calmada ahora.

"¿Por qué te fuiste?", pregunté. "¿Por qué ni siquiera te despediste?".

"Tenía mi rotación clínica en el hospital. Tomé la rotación clínica en el verano. Para créditos de clase tuve que tomar cierto número de turnos. Yo solo esperaba quedarme en Poulson para el rodeo, pero ustedes… ustedes cambiaron mis planes. No podía llamar y decir que estaba enferma. Tuve que irme y tuve que hacerlo temprano para llegar a tiempo".

"Incluso, si no estabas más interesada en nosotros, pudiste haberte despedido", dijo Sutton.

Ella agachó la mirada, evitando sus ojos. "Tienes razón.

Pero... supongo que no quería escuchar el *ha sido un rato salvaje, hasta luego*".

"¿Así que te fuiste asumiendo que nosotros solo queríamos una follada salvaje?", preguntó Archer.

"Bueno... sí. Quiero decir, nos conocimos en el rodeo". Ella se lamió los labios y su mirada se levantó hacia la mía. "Apenas nos conocíamos. Hice cosas con ustedes tres".

Sonreí recordando todas las cosas que habíamos hecho. Los tres. Aunque podía ver cómo ella sacó sus conclusiones.

"Nosotros pensamos que solo nos habías usado", añadió Lee. Sus palabras ásperas fueron suavizadas con una ligera sonrisa y un guiño. "Ahora que estás aquí, definitivamente puedes *usarnos* otra vez".

"Nosotros te queremos, Cricket", le dije, dejándolo claro como el cristal. "No solo para una noche. Ahora que estás aquí, quiero intentarlo otra vez".

"Sí", añadió Archer.

"Jodidamente sí", terminó Lee.

No había manera de que ella no supiera nuestras intenciones ahora. Demonios, justo acabábamos de nalguear su trasero, de darle el escape que necesitaba para contarnos sus problemas. Nos habíamos salido del tema, así que pregunté: "No lo dijiste exactamente, pero esta noche, ¿te hicieron desnudarte?".

Yo no sabía quién era el maldito, pero cuando lo supiera...

Ella negó con la cabeza, con su cabello volando. "No. Yo... trepé la ventana de un baño antes de que fuera mi turno".

¿Se escapó por una ventana?

"Por eso es que estabas corriendo", dijo Archer, pensando en voz alta.

"Me escapé por la ventana porque, de cualquier manera, no me hubiesen dejado ir. Así que sí, estaba corriendo porque pensé que podían venir detrás de mí. No te lo dije ahí, a un lado de la carretera, porque me dijeron que no lo hiciera". Su labio inferior tambaleó con esto. La idea de alguien abusando de ella de esa manera, que la denigraran al punto de que le asustara hablar con un maldito policía, me ponía de color rojo.

"Venías aquí al Rancho Steele", añadió Archer, dándome un segundo o dos para respirar profundamente, para intentar calmar mi necesidad de matar. Cuando ella asintió, él continuó, "si sabías sobre este lugar, sobre tu herencia, ¿por qué no les diste el dinero? O te hubieras puesto en contacto con Riley Townsend y le contabas el problema. Él les habría pagado".

Sus ojos se incendiaron; la rabia estaba de vuelta. Eso estaba mejor. No podía manejar a una mujer llorando. ¿Y Cricket? Me destrozó. También escuchar su historia. Mientras que Lee y yo estábamos con los caballos más temprano, ella estaba saltando de una maldita ventana en un club desnudista. Sola. Aunque no sabíamos nada de su entorno, sentía que debimos haber estado ahí. Parecía que ella se había hecho cargo de sí misma y podía continuar haciéndolo, pero ¿por qué? Especialmente con estos imbéciles. Necesitaba apoyo. Y del nuestro, el de tipos grandes, musculosos.

"Yo solo recibí la carta del abogado la semana pasada y, para entonces, ya le había pagado. Hasta esta mañana, pensaba que ya había terminado con el préstamo y con él. No le dije de mi herencia porque no quería que supiera de todo esto. Si estaba intentando hacerme... desnudarme por dos mil, no sé qué hubiese hecho por todo un rancho".

Ella levantó sus brazos señalando la casa; las esposas se sacudieron. Archer se acercó, tomó su muñeca, colocó la llave y la liberó de las ataduras. Él acarició sus muñecas una vez que estuvieron libres, asegurándose de que el metal no le había lesionado la piel.

"Tienes razón. No es su maldito asunto", dijo Archer, levantando su muñeca a sus labios, para besar el lado interno. "Eres muy inteligente, al mantener el dinero en secreto. Para escapar y venir aquí".

"Es cierto. Eres una buena chica", murmuré, impresionado de que sonara calmado cuando apenas me estaba conteniendo. "No estás sola en esto. Ya no".

Quienquiera que fuera el maldito, iba a caer. Probablemente era bueno que uno de los hombres de Cricket —uno de nosotros— estuviera dentro de la ley, de otra forma habría un cuerpo enterrado en la propiedad Steele en vez de estar pronto tras las rejas.

"Es cierto. Nos haremos cargo de esto", añadió Archer. A pesar de que sabía que se refería a investigar los detalles sobre el tipo y hacer que los policías locales lo arrestaran, la mirada en su rostro y el tono oscuro de sus palabras me hizo pensar que él podía cargar la pala en vez de hacerlo yo. "No tienes que preocuparte por nada".

Lee se rio. "¿No escuchaste, cariño? Sutton mató al último maldito que fue tras una heredera Steele. Y esa fue Kady, que pertenece a Cord y a Riley. Imagina lo que haría por ti".

Cricket se me quedó mirando con los ojos ensanchados. Yo había matado al sicario que había venido tras Kady. Él fue contratado por el esposo manipulador de la hermana drogadicta de Kady, que sabía *todo* sobre la herencia y había sido un maldito codicioso queriéndola para él mismo. Usó a la hermana de mente débil para intentar obtenerla. ¿Y este tipo? ¿Este maldito que iba a forzar a mi mujer a desnudarse? Si se aparecía en el rancho, no iba a poner solo una bala en su corazón.

Me incliné, puse mis labios sobre los de ella. Gentil, casto, breve. "Haré cualquier cosa por ti".

6

EE

Santo cielo.

Ella estaba aquí. Cricket estaba aquí entre nosotros, besando a Sutton. Y eso no era todo. Ella era una de las hijas perdidas de Aiden Steele. Debería salir y comprarme un maldito cupón de lotería. ¿Cuáles eran las probabilidades? A pesar de que nunca se lo había dicho a Sutton o a Archer, nunca esperé volver a ver a Cricket otra vez. No después de la noche salvaje que compartimos y del fin de semana que había tenido con Sutton. Ella se había escabullido, claramente, no quería tener nada a largo plazo.

Yo no había estado feliz desde esa noche. Demonios, había sido la mejor noche y la más salvaje de mi vida. Compartir una mujer con mis dos mejores amigos no había sido algo que hubiera considerado antes, pero, ahora, era todo lo que había imaginado. No a cualquier mujer, sino a Cricket. Y mi pene se había caído desde entonces.

Montar en el circuito de rodeo significaba que las mujeres se me lanzaban y me arrojaban sus bragas. Todas eran hermosas y atractivas, pero nadie me interesaba. Solo Cricket y ni siquiera sabía cómo lucía ella.

Ahora después de tenerla en mi regazo, sintiéndola, *mirándola*, eso únicamente hacía que me diera cuenta de que había estado solo. Ella era la mujer que yo quería. Y mirar a Sutton besarla mientras enredaba sus dedos en su cabello debería haberme puesto jodidamente celoso. Pero no. Me había excitado. Acerqué mis manos abajo, moví mi pene en mis pantalones. Sabía que, con besos, Sutton estaba preparándola para mí y para Archer. Ella nos quería, quería todo de nosotros. No estaba rechazándolo. Pronto sería nuestro turno e iríamos tan lejos como ella quisiera.

Mirándola así, a pesar de que había tenido una noche dura, se veía hermosa. Su cabello era negro, sus ojos eran casi igual de oscuros. Tenía una estatura promedio, pero esa era la única cosa *promedio* en ella. Pechos grandes y fuertes, cintura angosta, caderas y trasero exuberantes. Todo lo que recordaba. Cada pulgada de ella. Sin embargo, escucharla hablar, las cosas que no había dicho, pero que podían ser inferidas muy fácilmente, probaban que tenía pelotas. Pelotas grandes de mono para ir por la vida por sí misma. Yo no había tenido ningún interés en ninguna carrera después de la secundaria, pero había sido determinado para construirme una carrera montando toros y lo había logrado. A través de mi sudor y huesos rotos, polvo y valentía, había llegado a donde estaba hoy.

Nunca iba a ser millonario, pero tenía suficiente. Aunque eso solo era dinero.

Me cansé de conejitos hacía mucho tiempo, incluso antes de la noche con Cricket. Quería una conexión, un vínculo con una mujer tan profundo que no pudiese romperse. Ver a Cord y a Riley con Kady y a Jamison y a Boone con Penny me hizo desear lo mismo. Había soñado eso con Cricket y ahora teníamos la esperanza de que íbamos a tenerlo.

No la íbamos a dejar ir. Sabía que Archer usaría las esposas otra vez si teníamos que hacerlo. Sutton era todo consentimiento cuando se trataba de las cosas que hacíamos con ella y, a pesar de que usualmente yo no iba a tales extremos, no follaba sin eso, era jodidamente seguro. Pero la mantendríamos aquí —en un rancho que le pertenecía— hasta que nos diera lo que buscábamos.

Esas nalgadas; ella había accedido a eso, subconscientemente, al menos, sabía que lo necesitaba, necesitaba que Sutton le diera una forma para contarle sus secretos. Ella quería que él la presionara para hablar. Y eso había funcionado.

Las esposas que Archer le había puesto; demonios, el hecho de que la había detenido con las manos en frente eran un buen indicio de lo que quería. Sí, ella quería que sus hombres se hicieran cargo de ella. Lo gritaba en silencio.

Y empezaba ahora. Cricket gimió y se movió en el regazo de Sutton mientras continuaban besándose. Se transformó rápidamente de domesticada a tigre salvaje. Era hora de unirse. Me moví de modo que mis rodillas estuvieran en el sofá al lado de ellos, curvé mis dedos alrededor de los botones de su camiseta y los desabroché lentamente; mis nudillos la acariciaron por toda su suave piel.

Archer ayudó desde el otro lado y Sutton se separó del beso el tiempo suficiente para que pudiésemos sacar la camiseta por encima de su cabeza y levantáramos sus brazos. Gemí al ver su sujetador negro de encaje. No era lujoso, pero era delicado, femenino y, bueno, Cricket era quien lo estaba usando. Ella se vería ardiente enrollada en una silla de montar. Demonios, solo la idea de ella en una silla de montar me puso a imaginarme una follada salvaje en el establo. Tal vez inclinándola sobre una barandilla o arrodillándola sobre una paca de heno. Cielos.

Los dedos hábiles de Archer quitaron el broche del sujetador y este se deslizó por los brazos de ella. Sutton se retiró luego de besarla una vez más y solo se quedó mirando su cuerpo perfecto. Él estaba respirando fuertemente; ella, también. Y, maldición, sus senos subían y bajaban mientras ella jadeaba, con las preciosas puntas rosadas que ya estaban duras. Sus mejillas estaban sonrojadas —y no por llorar—; sus ojos, nublados y sus labios, rojos e hinchados.

"¿Más?", preguntó él.

Ella no se tardó, solo asintió.

"Necesitamos escucharlo, cariño".

"Más", dijo ella, con voz profunda, entrecortada.

Sutton acarició sus mejillas con sus nudillos a lo largo de su cuello y alrededor de la curva de un seno. Una piel de gallina rosada apareció sobre su piel pálida.

"Recuerda, cariño, que tienes tres hombres que te quieren", dijo Sutton; su mirada se deslizó hacia arriba desde donde estaban sus dedos rústicos desgastados por el trabajo. Era un contraste que marcaba su pecho cremoso y regordete hasta sus ojos. "No quieres que Archer y Lee se queden fuera, ¿cierto?".

Ella miró a Archer, luego a mí, con sus ojos en un hermoso tono nublado borroso. Sus dientes perfectos mordieron su labio inferior mientras lo consideraba. Sin sujetador y sobre el regazo de Sutton, dudaba que estuviese pensando en rechazarnos, lo hubiese hecho antes de este momento.

Aun así, esperamos.

"No. Los quiero a todos ustedes", dijo ella finalmente. Su mirada estaba clara, sus intenciones —y su consentimiento— eran obvias.

Gracias al cielo. No creía que mi pene fuese a manejarlo si hubiese dicho otra cosa. Hubiese tenido que masturbarme en una ducha fría y no era tan divertido como venirse dentro de una vagina húmeda y dispuesta. *Su* vagina.

Sutton levantó a Cricket, luego la bajó y la puso sobre la mesita de café en frente de él. Con una mano entre sus senos, la puso lentamente de espaldas. Me moví a un lado; Archer, al otro y Sutton se quedó entre sus piernas.

Los tres nos pusimos de rodillas al mismo tiempo, Sutton para deslizar sus pantalones y bragas fuera de sus caderas una vez más, esta vez sin parar hasta que estuviesen en el suelo, quitándole sus zapatos y medias con ellos. Archer le quitó el cabello del rostro suavemente, se inclinó hacia adelante y sus narices prácticamente se tocaron, luego la besó. Mientras estaba distraída, Sutton tomó su tobillo, puso sus pies en la orilla de la mesita de café y los separó. Maldición, solo observarlos jugar con ella —y ella permitiéndolo voluntariamente— era tan caliente. Desnuda y abierta por sobre la mesa se veía hermosa. No era delgada. No, tenía curvas perfectas con músculos tonificados debajo. Sus senos —como lo recordaba— eran de generoso tamaño con pezones pequeños y rosados. Su vientre tenía una ligera curva y un ombligo que me hizo mirar hacia abajo. Su vello entre sus muslos, por lo que podía ver con la cabeza de Sutton en el camino, era oscuro y adornaba una pista de aterrizaje.

Cricket gimió en la boca de Archer, mientras su espalda se arqueaba, levantando sus senos en invitación. Mi pene ya no podía manejar la incomodidad, así que me bajé el cierre para darle un poco de espacio, luego me incliné hacia adelante, me llevé un pezón a la boca, al otrolo mantenía en la palma de mi mano. Su piel era tan tibia, suave, de olor dulce. Hice dibujos en ella, sentí la punta apretada contra mi lengua.

Un jadeo gutural llenó la habitación y levanté la mirada, vi que Archer había alzado su cabeza y estaba sonriendo hacia Cricket, observándola responder a mi tacto y a la boca de Sutton. La mano de ella aterrizó sobre mi espalda en un golpe sordo, luego se deslizó hacia mi cuello para enredarse en mi cabello, halarlo, luego presionar más cerca.

"Me voy a... oh, dios, me voy a venir".

"Buena chica", murmuró Archer.

Moví mi mano de su seno y dejé que Archer jugara. Sus tres hombres la estaban tocando, trayéndole el placer que ella deseaba. Era tan jodidamente increíble verla así, tan apasionada, desinhibida. Incluso después de un año ella confió en nosotros —en los tres— para que cuidáramos de ella.

Su piel resplandecía con el sudor, una señal evidente de que estaba cerca de venirse. Podía saborearla en mi lengua, la dulce salinidad de esto.

Cuando se vino, su cuerpo se puso rígido; ella prácticamente me arrancó el cabello del cuero cabelludo y su grito rebotó por las paredes del gran salón. Sutton había recurrido a las habilidades orales para hacer que se viniera en un minuto o dos. Eso o ella había estado lista para nosotros por más tiempo de lo que habíamos pensado.

Levanté la cabeza, observé su rostro mientras se venía. Su boca estaba abierta; sus ojos miraban ciegamente al techo; su piel estaba sonrojada y húmeda. Ella lucía... salvaje. Jodidamente salvaje. Y ver la cabeza oscura de Sutton entre sus muslos, la forma en que él estaba mirando su cuerpo y mirarla a ella me hizo querer tomar su lugar. Yo la probé esa única noche, recordaba su sabor y ahora se me hacía agua la boca. Mi pene latió, indicándome que quería deslizarse por su miel dulce y pegajosa en vez de que la lamiera con mi lengua.

Las manos grandes de Sutton se deslizaban hacia arriba y

hacia abajo de sus paredes internas mientras levantaba su cabeza. Sí, ella estaba jodidamente húmeda porque llenó sus labios, su barbilla. Él no se lo limpió, en vez de eso, se lamió los labios como si ella fuese el bocadillo más delicioso.

Lo era.

Tendida por toda la mesa, saciada y repleta, contuvo la respiración. No estaba consciente de que estaba tan expuesta. Sus ojos se abrieron con un parpadeo, me miraron. "Más", dijo ella, con su voz ronca por sus gritos.

Sonreí. "Sí, señora". Yo estaba perfectamente contento haciendo lo que ella quería porque más significaba... *más*.

Como mis pantalones ya estaban abiertos, fue fácil sacarlos de mi cintura; mi pene apuntaba en dirección a ella. Su cabeza estaba volteada en dirección a mí y sus ojos se ensancharon al ver lo que tenía delante.

Yo no era pequeño. Maldición, no. Era un problema encontrar pantalones que me quedaran con toda esa carne, pero hacía que me quedaran, dejando que mi pene descansara en mi muslo izquierdo. Excepto cuando me ponía duro y, entonces, no solo era obvio, sino incómodo.

"Eso... ¿eso cupo dentro de mí?".

Sonreí. "No tienes que hacerme un cumplido, cariño. Mis pantalones ya están abajo".

Cricket puso los ojos en blanco, pero no se movió, no se había recuperado por completo de su orgasmo.

Agarré la base, acaricié la longitud hacia arriba, observé mientras una gota de líquido preseminal se deslizaba de mi glande. "Esto es por ti", le dije.

Sus ojos se movieron de mi pene a mi rostro. "Por favor", dijo suplicando.

No necesitaba que me lo pidiera dos veces, pero me calmé inmediatamente. "Mierda, no tengo un condón".

Dirigiendo la mirada a Archer, sus hombros se hundieron lentamente. Sabía que él también estaba listo para meterse dentro de ella. En cuanto a Sutton, se acomodó sus pantalones, luego se puso de pie. "Iré a la cabaña. Tengo unos allá". Él miró a Archer, luego a mí. "Manténganla caliente y lista para nuestros penes para cuando vuelva".

No iba a ser un problema. Era mi turno entre sus muslos.

7

RICKET

Mis huesos se derritieron. Sentí como si... bueno, como si hubiese sido complacida por tres hombres. Y no tres hombres simples, sino Sutton, Lee y Archer. Les dije la verdad; nunca antes había tenido sexo con tres hombres antes de ellos. Con los chicos con los que había estado en el pasado, los cuales formaban parte de una corta lista de dos, no lo habían hecho por mí. Y había estado solo con ellos, no siendo tres a la vez. No me había venido del todo con el primero, pero para entonces era virgen y me dolió. Santos cielos, sí que dolió. El segundo lo había hecho mejor, pero tuve que tocarme para venirme.

Por ahora no había jugado conmigo misma en lo absoluto —no hubo lugar para que lo hiciera con la cabeza de Sutton ahí— y me vine duro. Sonreí mientras miré fijamente a Archer y a Lee. Archer todavía estaba de rodillas a mi lado, con su mano acariciando mi cintura y mis caderas. El contacto y la conexión se sentían bien, especialmente después de la intensidad de lo que acababan de hacer.

"¿Estás lista para más, cariño?", preguntó Lee, acariciando su grande y hermoso pene.

¿Más? Maldición, sí. Y la idea de tener a esa bestia dentro de mí me hizo gemir, me hizo apretar la vagina.

"Puedo ver la forma en que me miras. ¿Quieres un poco de esto?". Él lo acarició otra vez, pasó su dedo pulgar sobre la gota de líquido preseminal, la esparció por todo su glande con forma de hongo.

Asentí, deslizando mi cabeza sobre la madera fría.

Los hombres se miraron los unos a los otros por un momento y parecían estar teniendo una conversación sin decir una palabra. Archer se levantó desplegando toda su estatura y caminó hacia donde había estado Sutton, al estar entre mis piernas.

Lee se movió hacia el lado opuesto cerca de mi cabeza, se arrodilló. "Levántate, cariño". Se puso de pie. "Acércate".

Usando mis talones, me levanté un poco más sobre la mesa, deslizándome por la superficie suave.

"Eso es. Un poco más. Sí, ahora deja que tu cabeza vaya justo fuera de la orilla".

Su mano cubrió la parte trasera de mi cuello mientras seguía instrucciones, la dejé caer lentamente así que mi cuerpo quedó plano y mi cabeza estaba hacia abajo. Ahí estaba su pene, a solo unos centímetros. Grande y grueso, una vena pulsátil recorría la longitud. Era de un color ciruela oscuro que sobresalía de un nido de cabello oscuro. Tan imponente. Tan viril.

Me lamí los labios y vi una gota de líquido preseminal salirse por la hendidura.

"Ábrete, cariño".

Obedecí otra vez porque quería su sabor, la sensación de él contra mi lengua.

Mientras me ponía la punta en los labios, sentí las manos de Archer en mis tobillos doblando mis rodillas otra vez. A diferencia de Sutton, él las sostuvo, las llevó hacia atrás para que mis rodillas estuvieran en mi pecho, pero bien separadas.

Su boca se instaló sobre mi vagina al mismo momento en que Lee me alimentó con su pene. Mientras Lee fue cuidadoso, manteniendo su puño alrededor de la base para que no tomara tanto, Archer recorrió todo con su boca y lengua. Dios, él era voraz, estudiando cada centímetro de mí, llevándome al borde, luego se detuvo. Gemí alrededor del pene de Lee y él se enterró más profundo, sus caderas estremeciéndose involuntariamente por las vibraciones. ¿Cómo algo tan duro podía estar tan suave y caliente contra mi lengua? El sabor de su líquido preseminal en mi boca era salado y ácido. Me alcé, puse mis manos sobre sus muslos, mis dedos agarraron el borde de sus pantalones y unos músculos de su muslo.

Archer besó mi monte y sus dedos tomaron el lugar de su boca. "Hora de ir más lento, Cricket".

Lee se retiró, pintó mis labios con la punta.

"Pero…".

"No te vas a venir hasta que Sutton vuelva de la cabaña con esos condones", dijo Archer, con un dedo girando sobre mi entrada y luego deslizándolo hacia adentro. Me apreté, traté de llevarlo más profundo, pero él se rio.

"Golosa, ¿no?".

Saqué la lengua, lamí el pene de Lee como un cono de helado.

"Está bien, prueba un poco", dijo él, poniéndolo de vuelta en mis labios y adentro cuando abrí más la boca. "Pero solo una probadita. No me voy a venir hasta que esté bien adentro de esa vagina. No he follado a nadie desde ti. Mis pelotas quieren llenarte por completo".

Mis atenciones se ralentizaron mientras procesaba sus palabras. Él era un hombre de sangre roja. Un montador de toros, nada menos. Tenía testosterona bombeando dentro de él. ¿Tenía necesidades y aun así no las había llenado desde el verano pasado?

"Incluso estando de cabeza puedo verte pensar. Archer, hazla olvidar".

Archer hizo un sonido estruendoso en respuesta y rápidamente encontró mi punto G con su dedo y lo presionó. Gemí. Sí, ese era el lugar correcto, pero no se estaba moviendo, solo aplicando presión. Era fabuloso. Significativo. Excitante. Provocador.

"Solo hemos sido mi mano y yo desde esa noche salvaje", comentó Lee mientras empecé a retorcerme, tratando de que Archer se moviera para que me follara con sus dedos.

"Yo también, cariño", dijo Archer. Su voz era baja, rústica y necesitada. "Estoy cansado de mi mano, especialmente ahora que he tenido a tu vagina apretándome los dedos. Recuerdo cómo se sentía alrededor de mi pene". Un dedo se deslizó hacia el sur. "¿Qué me dices de por aquí? ¿Lo recuerdas aquí?".

Me puse tensa y Lee se retiró. Gracias al cielo. Archer solo estaba haciendo círculos en mi entrada trasera, cubriéndola con mi excitación y jugando un poco más; yo estaba jadeando. La sensación era intensa, sobre todo porque todavía tenía un dedo dentro de mí sobre mi punto G. Dios, a él le gustaba provocar.

"Puedes chupar a Lee otra vez. No deslizaré mi dedo dentro de tu trasero como quieres".

Lee se movió hacia adelante otra vez y lo tomé de vuelta en mi boca. Chupé.

"Si lo hago, te vas a venir. Lo sé. Te conozco, cariño", dijo

Archer. Él continuó hablándome, con toda su charla sucia, Lee se levantó para estar de acuerdo con él y para añadir sus propias promesas carnales.

Escuché pisadas fuertes justo antes de un ruido intenso y estruendoso: "Demonios".

Sutton había vuelto.

"Mírate, cariño. Tomando a tus hombres. No te has venido, ¿cierto?", preguntó él.

Lee respondió por mí; mi boca estaba llena obviamente. "Maldición, no. Pero lánzame un condón. Mis pelotas se van a caer por la forma en que me está provocando".

Lee se salió una vez más y cubrió otra vez la parte de atrás de mi cabeza y la levantó mientras Archer me empujaba hacia él así que estaba acostada de vuelta sobre la superficie plana.

"Has sido una buena chica. Hora de venirse y luego te va a follar Lee".

Archer finalmente... *finalmente*... empezó a mover su dedo dentro de mí, rozó su pulgar sobre mi clítoris e hizo círculos mágicos en mi entrada trasera. Él me había tenido justo en el borde que sentí justo ahí. Sutton me había premiado con ese primer orgasmo, este estaba llegando más fácil, aunque Archer era muy hábil con sus dedos.

Arqueé la espalda, cerré los ojos, gemí. Era un orgasmo potente, con un toque de calor suave que me recorrió los pies y hasta los dedos. Mis orejas se entumecieron. Me desplomé y me marchité sobre la mesa, mientras escuchaba el ruido característico del envoltorio de un condón, el sonido metálico de un cinturón, el deslizamiento de un cierre.

Cuando volví a abrir los ojos, Lee se avecinaba sobre mí, con una mano a un lado de mi cabeza para sostener su peso. En algún punto, se había quitado la camisa y estábamos presionados uno contra el otro, piel con piel. Su pene empujó mi muslo, luego se deslizó hacia arriba para instalarse en mi entrada.

Sus ojos azules se encontraron con los míos. "¿Estás lista?".

Asentí, levanté la mano para cubrir su mandíbula rugosa. "Dios, sí".

Él no esperó, gracias al cielo, y se deslizó dentro de mí con una embestida larga y profunda. ¿Dije larga? Me llenó y me llenó y...

"Ahí", dijo él, agarrando mi trasero y colocándome en un ángulo directo para que tomara cada centímetro de él.

"Demonios, cariño. Tu boca se sentía tan bien". Enterró su cabeza, me besó y jugué con su lengua mientras tenía su pene. Gimió otra vez. "Mierda, esta va a ser una montada de ocho segundos".

Levanté mis caderas, contenta con eso. Solo quería que se moviera.

Lo hizo, retrocediendo, enterrándose profundo, empujándome por toda la mesa. Su mano se movió hacia mi hombro, inmovilizándome.

Él se sentía tan bien. A pesar de que era grande, estaba húmeda por él y que quedara tan ajustado significaba que estaba frotando cada una de mis terminaciones nerviosas.

Sentí su respiración entrecortada ventilarme la piel acalorada mientras se enterraba profundo, luego se mantuvo quieto y gruñó. Sentí las reverberaciones contra mis senos mientras se venía, con sus caderas haciendo el más pequeño de los movimientos mientras expulsaba su semen dentro del condón.

Lo observé mientras lo hacía. Su mandíbula estaba tensa; las venas bombeaban sobre sus sienes; el sudor corría por su frente. Cada centímetro de él estaba reducido a bombear su semen dentro de mí. Quizás algún día podríamos dejar el condón y así podría sentirlo caliente y grueso mientras me llenaba.

Se retiró y yo siseé, saciada por los orgasmos anteriores, pero no por follar. Cuando se puso de pie pude ver a Archer y a Sutton de nuevo. Los dos sin camisa; sus pantalones, lo suficientemente abiertos para que salieran sus penes. Archer tenía un condón puesto; Sutton no tenía ninguno.

Mientras Sutton se acariciaba a sí mismo, emitió órdenes. Me estremecí por los mandatos oscuros, no por el aire fresco. "Ponte de manos y rodillas, cariño".

Archer agarró un cojín del sofá que estaba detrás de él, lo puso sobre la mesa, me ayudó a levantarme y ponerme en posición para que mis rodillas estuvieran acolchonadas y mis palmas planas sobre la madera fría.

Sutton se movió enfrente de mí. "Verte tomando a Archer y a Lee se quedará plasmado en mi cerebro por siempre. Quiero estar dentro de esa boca mientras Archer te folla. Quiero sentirte chupándome fuerte y sacando el semen de mis pelotas".

Eso fue ardiente. Me lamí los labios ante la idea de saborearlo otra vez después de un año. Recordé cómo me había agarrado el cabello para guiarme, cómo se acomodaba dentro de mi garganta, luego se retiraba. Había una total sumisión de mi parte y la confianza suficiente que permitía que él supiera que debía retirarse cuando yo necesitaba respirar. Él levantó una ceja oscura, esperó para que yo dijera "rojo". No me estaba preguntando si me parecía bien porque me estaba diciendo lo que iba a suceder. Podía parar. Podía usar mi palabra de seguridad y nos acurrucaríamos en el sofá, olvidándonos de follar o lo haríamos de otra manera.

No quería algo "vainilla", suave. Quería mi helado de chocolate. Con crema.

Como no dije nada, él levantó su barbilla. "Ábrete".

Lo hice y me alimentó con su pene, lenta y

cuidadosamente, pero se introdujo en lo profundo. Su mano fue hacia mi cabello como yo lo había anticipado. El ligero apretón se sentía bien. Cuando retrocedí y me quedé haciendo círculos en su glande con mi lengua, Archer agarró mis caderas y se deslizó dentro de mí.

Gemí, cerré los ojos. Estaba llena por los dos lados. Dos hombres. Tan ardientes. Demasiado. Tan *buenos*.

Sutton mantuvo su única mano libre en mi cabello, la otra fue a mi hombro para que no me moviera hacia adelante por las embestidas de Archer. Además, Sutton dirigía mi follada con la boca, la profundidad, el ritmo. Todo lo que hice fue frotarlo con mi lengua, respirar por la nariz y meterlo en mis mejillas. No podía pensar, no con Archer follándome.

Lee se sentó a un lado de la mesa de café, cubrió mis senos con una mano y encontró mi clítoris con la otra. El tercer orgasmo me venció instantáneamente. Solo necesitaba el contacto con mi clítoris y ya estaba lista.

Me quedé inmovilizada sobre el pene de Archer mientras hablaba, su voz era entrecortada, sus palabras casi inconexas. *Sí. Demonios. Ajustado. Mi muerte. Esas pelotas estaban a punto de explotar. Tan profundo.*

"Trágate cada gota, cariño", dijo Sutton mientras se deslizaba profundamente, hinchado, justo antes de que sintiera el pulso caliente de su semen deslizarse dentro de mi garganta. Tragué.

Él se retiró, me pintó la boca con un poco más de semen mientras yo respiraba, luego se salió de mí completamente.

Archer enganchó sus brazos por mi cintura, levantó la parte superior de mi cuerpo para que quedara de rodillas sobre la mesa; su cuerpo estaba presionado contra el mío. Entonces me folló, fue duro y profundo, mientras su boca bajaba a mi hombro, lo besaba, lamía, luego lo pellizcaba mientras se venía. No podía recuperar el aliento. Tres orgasmos y estaba liquidada. Sudada, mi vagina todavía goteaba de necesidad. Mis pezones estaban sensibles. Demonios, cada centímetro de mi piel estaba sensible. El sabor de Sutton estaba en mi lengua.

Todo lo que podía hacer era levantar la mirada hacia Lee y Sutton mientras las manos de Archer me acariciaban suavemente, su pene todavía seguía hondo dentro de mí, y sonreí.

8

RICKET

Desperté con el aroma a café. Por un segundo olvidé dónde estaba. Parpadeé mirando fijamente las paredes de una habitación bonita, aunque con un estilo muy masculino. Las ventanas estaban abiertas y las cortinas azul marino se agitaban suavemente con la brisa. Las sábanas estaban frías y suaves y había dormido bien. También había dormido profundamente porque, bueno… había sido montada al extremo.

Me dolía el cuerpo. Por la punzada de dolor que sentí cuando me moví, no me sorprendería descubrir que tenía pequeños moretones por toda mi columna por estar acostada sobre la mesita de café. Me dolía un poco la mandíbula y mi vagina…; definitivamente, me habían puesto húmeda.

Me froté los muslos apretados pensando en lo que había hecho con Sutton, Archer y Lee. Cosas salvajes. Cosas oscuras. *Cosas calientes.* Me sonreí a mí misma. Yo era un poco descarada cuando se trataba de ellos y cada parte de mi naturaleza sumisa se exteriorizaba. Sutton simplemente... sacó esa parte de mí. Él dejó salir la necesidad... para que le cediera el control.

Mirando hacia atrás, también lo había hecho con Archer. Justo la primera vez que lo vi. Había tenido suficiente lidiando con Schmidt y Rocky por mí misma. Sentí su fuerza y quería recostarme en ella. Prácticamente le rogué que me arrestara.

Me puse una almohada en la cabeza, gruñí dentro de esta.

Si eso era por lo que estaba obsesionada, estaba loca. *Debería* estar enloqueciendo porque dejé que tres hombres me follaran otra vez. Y algo más. Había quedado bastante marchitada. Lee me guio por las escaleras hacia el baño principal, se dio un baño conmigo y lavó cada centímetro de mi cuerpo. Archer estuvo esperando por mí cuando hubo acabado, me sacó y me metió en la cama grande hasta que Lee salió. Luego él tomó su turno para limpiarme. Me quedé dormida mientras Lee me puso entre sus brazos. Lo último que recuerdo fue haber escuchado el bombeo rítmico de su corazón.

¿Archer se había unido a nosotros? El aroma sobre la almohada era muy masculino, pero todavía no podía distinguirlos.

Solo sabía que no era Sutton. Después de que me sacaran de la mesa de café, luego de haberme convertido en una mujer marchita, sudorosa y saciada, él me besó tiernamente bajo las escaleras y salió por la puerta de la cabaña. En ese momento, sentí una pequeña punzada de rechazo de su parte al verlo irse, pero no era el caso. Él fue el primero en hacerme venir. Y solo con su lengua. Aparte de eso, no habría una cama lo suficientemente grande para cuatro en la casa —que yo supiera—.

Las voces llegaron hacia mí junto con el aroma a carne

rostizada. ¿Archer y Lee seguían aquí? Me senté, miré alrededor de la habitación. El reloj que estaba a un lado de la cama marcaba diez y treinta. ¡Diez y treinta! No había dormido hasta tan tarde desde que tuve gripe en el invierno pasado. No era de extrañar que me sintiera tan bien descansada. El sexo y más de seis horas de sueño hicieron maravillas.

No vi ninguna ropa de hombre, solo la mía doblada en una silla cerca de la ventana. Alguien era ordenado y sigilosamente silencioso. No tenía ningún interés en ponerme las bragas de ayer, así que decidí quedarme sin ropa interior y vestirme. Metiéndome en el baño, me hice cargo de mis asuntos; me lavé las manos y me cepillé los dientes con un cepillo que encontré envuelto en una de las gavetas. Por último, me arreglé el cabello con los dedos y le di una especie de orden. Haberme quedado dormida con el cabello mojado había hecho que se pegara graciosamente a un lado. No había mucho que pudiese hacer sin productos para el cabello ni un peine.

Pensar que esta era la habitación de mi padre era extraño. Muy extraño. Y como parecía que había embarazado a cinco mujeres distintas —quién sabe con cuántas más había estado sin embarazarlas— me había imaginado que tendría algunos productos femeninos en las gavetas. Pero no. Estaban vacías, excepto por los cepillos de dientes, tubos de pasta dental de viajero y toallas extra.

Eché un vistazo al vestidor, noté que estaba vacío. Obviamente alguien había limpiado la casa después de que muriera Aiden Steele. Fácilmente podía pasar como un alquiler vacacional. Sin embargo, era mío. Al menos una quinta parte de esto. Una locura. Metería mi cabeza dentro de esta nueva realidad muy pronto.

Ya vestida bajé las escaleras, escuché la voz de Lee. *Él* también era mi nueva realidad. Él junto con Sutton y Archer.

Solo tenía que descubrir qué estaba pasando con ellos. ¿La noche anterior había sido un rollo de una noche como aquella vez? De acuerdo con lo que habían dicho, no, pero yo no solía confiar en las personas. Puede que me haya sometido a Sutton —y a Archer y a Lee—, pero eso era un juego. Eso era sexo. Ellos querían dominar tanto como yo quería someterme. La pregunta era si todavía estaban interesados en mí. En la vida con nuestra ropa *puesta*.

Me detuve cuando entré en la cocina. El olor a carne y ajo inundaba el aire junto con el del café, y noté dos ollas de cocción lenta sobre la encimera, con las tapas de vidrio empañadas por la condensación. Resultó que no eran solo Archer y Lee charlando. Estaban hablando con cuatro hombres que estaban de pie en el exterior del área de la península, con tazas de café en la mano. Todos alineados, eran gigantes. Vaqueros grandes que hacían que esta casa pareciera tener el tamaño correcto. *Para ellos.*

Me olvidé de ellos cuando una mujer, prácticamente, chilló, corrió hacia mí y enrolló sus brazos a mi alrededor.

"Oh dios mío, estás aquí. ¡Estás despierta! ¡Mi nombre es Kady y soy tu hermana!". Miré a Lee por encima de su hombro, quien me guiñó un ojo, claramente contento. No todos los días conocía a dos medias hermanas perdidas. Demonios, no todos los días conocía a una familia porque nunca había tenido ni siquiera una durante toda mi vida.

Levanté los brazos, la abracé de vuelta, observé cómo una segunda mujer se acercó para ponerse de pie al lado de ella. Ella parecía más reservada, porque nada se comparaba con la emoción de Kady.

"Déjala respirar", dijo la otra. Como Kady no dejó de abrazarme, la otra puso los ojos en blanco. "Me llamo Penny, soy la otra hermana".

Kady retrocedió entonces y se secó los ojos. "Lo siento, ya puedes abrazarla".

"¿Estás llorando?", pregunté.

La boca de Kady se abrió, luego se cerró. "Yo lloro con los comerciales de cartas. Conocer a una hermana perdida durante tanto tiempo requiere más lágrimas".

Eso parecía razonable.

"Y está embarazada, así que llora hasta cuando saca un paquete de hamburguesas del refrigerador". La voz de uno de los hombres hizo que las tres volteáramos.

Kady pisoteó el mostrador y dos de los hombres se apartaron de su camino. Ella dio un empujón al tipo grande —*realmente* grande— en las costillas, aunque dudaba que siquiera lo hubiese sentido. Él era alto, oscuro y atractivo del tamaño de un jugador de rugby de Samoa. "Tú me pusiste así", se quejó ella, pero su sonrisa suavizó sus palabras.

El chico grande sonrió y me miró. "Me llamo Cord, el embarazador".

Kady se rio, lo empujó una vez más tratando de que él se detuviera. En todo caso, se veía bastante orgulloso de sí mismo por el hecho de haberla embarazado.

El chico que estaba al lado de él levantó su mano, me dio un pequeño saludo. Lucía en sus tempranos treintas, tenía cabello rubio, ojos azules. A pesar de que también usaba camiseta ajustada y pantalones como el resto, tenía un aspecto más urbano. "Yo soy Riley, el otro que la dejó embarazada. Más ampliamente conocido como el abogado del Rancho Steele".

"Tú me enviaste los papeles", dije, reafirmando lo obvio.

"Es correcto. Soy Riley Townsend. Me alegra que hayas llegado, aunque Lee me estaba contando *cómo* terminaste aquí".

Miré al piso, luego lo miré. Ninguno de los hombres lucía feliz. De hecho, todas las sonrisas se habían ido. En lugar de ellas había una determinación feroz. Todos tenían la misma mirada que Sutton, Lee y Archer habían tenido la noche anterior cuando les conté lo que había pasado.

"Déjame presentarte al resto mientras Kady te trae un poco de café", dijo Penny, mirando a nuestra hermana con una advertencia. Kady giró sobre sus talones y fue al armario a buscar una taza.

Penny señaló. "Ese es Jamison, el capataz del Rancho Steele, y el otro es Boone. Él trabaja en el hospital, en la sala de emergencias".

Asentí a los otros dos.

Boone, el que estaba más ceca de la orilla de la península, se acercó y me dio la mano. "Lee dijo que estás en la universidad".

"Es cierto. Estoy a un curso de obtener mi título de enfermera".

Sus cejas se levantaron. "Impresionante. Una excelente profesión. Se necesitan enfermeras en todas partes".

Eso creía yo. Por eso es que me había metido en esto. La flexibilidad, la variedad de opciones en enfermería desde la oficina de un pediatra hasta una enfermera de vuelo estarían disponibles para mí, incluso en Montana, *si* terminaba la última clase en el otoño.

"Ey, puede que yo sea el capataz aquí, pero mucho más importante, soy conocido como el que dejó embarazada a Gatita". Jamison quitó a Boone de su camino y se enrolló en los brazos de Penny, la abrazó y besó la parte de arriba de su cabello rubio. Ella se sonrojó ardientemente mientras me quedé mirándolos. Obviamente Penny también era conocida como Gatita.

Ella levantó su mano, señaló a Boone. "También él".

Boone se frotó la parte posterior de su cuello y respondió. "Jamison no te embarazó, Gatita. *Los dos* te llenamos tanto de semen que…"

Ella se acercó, cubrió la boca de Boone con su mano pequeña.

"¡No te atreverías!", amenazó ella mientras Jamison la soltó y Boone la cargó en sus brazos y la sacó de la habitación; su rostro era una mezcla de masculinidad con carácter impaciente y juguetón. Pude escucharlos a los dos discutiendo mientras caminaban por el pasillo, luego se oyó una puerta cerrarse.

"¿Quieres leche o azúcar?", preguntó Kady como si mi nueva hermana no hubiese sido llevada descaradamente a una habitación para tener sexo.

"Um, ninguno. Negro está bien".

Kady me extendió la taza y tomé un gran sorbo, usando el tiempo para estudiar a los que se habían ido. Lee se veía entretenido mientras permanecía recostado contra la encimera. Tenía puesto unos pantalones y una camisa nueva —tuve que preguntarme de dónde la había sacado— y sus pies estaban descalzos. Jamison había ido a servirse más café.

"¿Las dos están embarazadas?", le pregunté a Kady, una vez más reafirmando lo obvio. ¿Había algo en el agua? Las dos se veían realmente emocionadas y yo estaba contenta por ellas. ¿Cómo podía ser otra cosa? Ni siquiera las conocía. Por el contrario, yo no tenía ninguna intención de quedar embarazada. *Quizás* tuviera un bebé. Algún día. Pero ese algún día estaba bastante lejos. Terminar la universidad, conseguir un trabajo, dejar de vivir sueldo a sueldo. Esa había sido mi meta. ¿Ahora? Mi única meta era terminar la universidad. Podía conseguirme un trabajo como enfermera porque quisiera no porque tuviese que hacerlo. Tenía que agradecerle a mi difunto padre por eso. Como yo no era de quedarme sin hacer nada, si me mudaba al rancho, me iba a volver loca aquí en el medio de la nada antes de que pasara un mes sin algo que me desafiara.

Y eso no significaba pensar en un bebé. Suspiré para mis

adentros, contenta de que Sutton se hubiese ido a buscar condones. Estaba usando la píldora, pero quería ser más cuidadosa aún.

Kady me dio una sonrisa brillante y se puso la mano en su abdomen plano. Tenía puesto un lindo vestido atrevido, de color rosado, y sandalias de tiras planas con brillos. El esmalte de las uñas de sus pies combinaba con su vestido. El color era muy bonito y hacía un contraste sorprendente con su hermoso cabello rojo.

¿Y Penny? Cabello rubio y ojos azules.

No nos parecíamos *absolutamente* en nada.

"Lo estamos. Una locura, ¿no? Han cambiado tantas cosas desde que supe de nuestro padre, del rancho. Yo soy de Pensilvania y, definitivamente, *no soy* una vaquera".

Sí, ella no parecía haber heredado los genes de vaquero. Ni pantalones, para ese caso. Sus zapatos lindos no eran prácticos en lo absoluto para un rancho. Por supuesto, tampoco lo era su vestido, pero no parecía importarle. Cuando Riley se acercó a la encimera para llenar su taza, enrolló su brazo en la cintura de ella y la llevó a su lado.

Estos hombres no escondían su afecto. No había problemas con las demostraciones públicas de amor por aquí. O con una mujer estando con más de un chico. Parecía… normal.

"Podemos repasar todos los detalles legales cuando quieras", dijo Riley, interrumpiendo mis pensamientos. "Cualquier pregunta que puedas tener, pero no hay apuro".

Kady recostó su cabeza contra al hombro de Riley y parecía contenta. Enamorada.

Me golpeó una punzada de envidia y tomé otro sorbo de café. Sentirse así con alguien, tan descaradamente enamorada, confiar en esa persona. Las relaciones, la idea de comprometerse así era nuevo para mí. La palabra *familia* prácticamente era extraña.

Lee me estaba estudiando como si pudiese leerme los pensamientos.

"¿Planeas quedarte en la casa o vas a regresar a Missoula?", preguntó Jamison.

Todos me miraron, esperando por la respuesta. Lee lucía relajado, pero estaba empezando a reconocer que así era él, aunque la naturaleza casual escondía una seriedad que estaba concentrada directamente en mí.

Me aclaré la garganta. "Bueno, supieron lo que me pasó por Lee". Lo miré y él asintió para que yo continuara. De hecho, estaba agradecida por no tener que repetir la misma historia vergonzosa otra vez. "Por ahora me quedaré aquí. Se suponía que anoche tenía que trabajar, pero nunca llamé así que creo que estoy despedida. Gracias a ti, —miré a Riley— "no tengo que preocuparme por ganarme la renta este mes".

"No fue por mí", contestó Riley. "Yo solo soy el albacea".

Me encogí de hombros. Era lo mismo para mí. Alguien que nunca había conocido me había dejado una cuenta bancaria llena de dinero. El alivio de no tener que trabajar detrás de la barra del bar por diez horas para llegar a fin de mes era embriagador. No más pies inflamados. No más perdedores borrachos tratando de golpearme. No más olor a cerveza rancia aferrándose a mí. Dios, ni siquiera quería ir a buscar mi último pago. Aunque lo haría. Puede que fuese millonaria, pero me había ganado ese dinero.

"Tengo mi apartamento y el semestre empieza en unas semanas. No puedo faltar a la clase, sin importar qué. Es mi última antes de la graduación. Hasta entonces…". Me quedé colgada porque no tenía una respuesta. No sabía qué querían los tres hombres con los que había dormido la noche anterior.

¿Qué importaba lo que ellos quisieran? La casa era mía. Todos los chicos estaban de pie en *mi* cocina —también de Kady y de Penny, por supuesto— y si no salía nada de lo que sea que estuviese haciendo con Sutton, Archer y Lee, entonces no importaba. Me iba a quedar de alguna manera o me iba a quedar una vez que terminara la universidad. Al menos visitando muchísimo este lugar. No había un estatuto de limitaciones para mudarse, o eso creía, pero supuestamente todavía faltaban dos hermanas que no habían aparecido todavía. Si pudiera conseguir un trabajo de enfermera en Barlow, eso sería perfecto. En mi tiempo libre, *quería* conocer a estos hombres. Quizás en vez de estar haciendo cosas, sería al revés, los conocería primero.

Como a Lee, por ejemplo. Él estaba justo aquí, mirándome con ese aire relajado como si la vida fuese sencilla. Él era un montador de toros y no había pensado en un título de la universidad que lo preparara para eso, así que no tenía idea de si tenía un título o no. Realmente no sabía mucho de ninguno de ellos —aparte del hecho de que les gustaba meter sus penes bien profundos en mi garganta—, pero quería saber más.

Él torció su dedo y fui hacia él sin siquiera pensarlo. Acariciando mi mejilla, agachó su cabeza para poder mirarme directamente a los ojos. No lo había notado antes —quizás porque había estado de cabeza o por el hecho de que había visto más su pene que su rostro— que sus ojos cambiaron de color. Su camisa gris combinaba con sus pupilas. "¿Estás bien?".

Asentí.

"Conocer a la familia por primera vez es algo loco, ¿eh?".

Asentí de nuevo.

"¿Y todos nosotros? ¿Todos se conectaban con el Rancho Steele? Somos un montón para procesar. Estoy seguro de que te lo estarás preguntando. Archer se fue a su casa —él vive en el pueblo— a bañarse, cambiarse de ropa, y está libre por unos días, así que va a regresar. Sutton también, pero él vive colina abajo en la cabaña. Él volverá cuando termine sus quehaceres en el establo. Tenemos que hablar sobre lo que pasó anoche, pero no hasta que regresen ellos".

Me sonrojé ardientemente, pensando en lo que habíamos hecho la noche anterior. Iba a tener que ir a limpiar la mesita de café del salón grande antes de que alguien fuera para allá.

Él se inclinó más cerca, me metió el cabello detrás de la oreja. "No eso, cariño", suspiró para que solo yo pudiese escuchar. "Sobre los hombres que están tras de ti. Aunque definitivamente hablaremos sobre esas cosas sucias que están haciendo que tus mejillas se pongan de ese rosado tan bonito con Archer y Sutton. *Solo con ellos*".

Sus ojos pálidos se encontraron con los míos y supe a lo que se refería. Ellos me compartirían, pero no con nadie más. Las cosas que hacíamos juntos eran privadas. Si bien Boone no lo estaba haciendo con Penny en el gran salón para que todos pudiéramos ver, *sabíamos* lo que iban a hacer.

"Me refería al bar desnudista, al dinero que supuestamente debes", aclaró él.

"Oh", susurré, sintiéndome como una tonta. Mi estómago dio un vuelco, recordando que posiblemente Schmidt estaba detrás de mí. El sexo salvaje me había hecho olvidar.

Él suavizó mis pensamientos dándome un beso dulce en la frente. "Estás a salvo. Tienes un montón de hombres musculosos para que te protejan". Sus palabras eran juguetonas, pero sabía que hablaba en serio. Y sabía que lo de musculosos era cierto. "Esperaremos por los otros. Hasta entonces, las dejaremos señoritas —hermanas— que se conozcan la una a la otra".

Kady suspiró y puso los ojos en blanco, separándose de los brazos de Riley. "Es cuestión de tiempo. Y te tengo toda para mí hasta que Boone deje salir a Penny a tomar un poco de aire".

Lee me dio un último beso, me acarició la espalda con su mano y se llenó su taza. "Vigilen mi carne rostizada", añadió él, señalando a las ollas, luego salió de la cocina y los otros hombres lo siguieron.

¿Él era el chef? Sí, había un montón de cosas que tenía que aprender de él. También de Archer y Sutton.

"Lárgalo", dijo Kady, cruzando los brazos sobre su pecho en falsa seriedad.

Su sonrisa astuta era una gran evidencia. "¿Vas a estar embarazada en dos semanas? Y si es así, ¿fue Lee, Sutton o Archer?".

9

"¡Espera! Yo también quiero escuchar esto", dijo Penny, con su voz sin aliento mientras se precipitaba a la habitación y con sus manos en el borde de su camisa, tratando de acomodársela.

"Eso fue rápido", dijo Kady sonriendo.

Penny se sonrojó y puso los ojos en blanco mientras se alisaba su cabello pálido. "Digamos que él sabe lo que hace".

"Lo que Boone quiere, Boone lo obtiene", respondió Kady en un tono de canto. "Como el mes pasado cuando tuviste la cena grupal y te cargó".

"Sí, es un *problema* tener un rapidito con ese hombre". Penny me miró, sus mejillas estaban rosadas, aunque no sabía si era por las acusaciones de Kady o por su rapidito. Ella lucía satisfecha. "No creerías que yo era virgen hace un mes".

La boca se me cayó. "Um…".

"Estos hombres saben lo que quieren. Estoy segura de que

tú estás de acuerdo", continuó Kady. "Y tienes a *tres* bombones jadeando detrás de ti".

"No dejes que Jamison o Boone te escuchen decir que ellos son unos bombones", recordó Penny, luego agarró una taza del gabinete y fue a servirse café de la cafetera.

Boone se abalanzó, le quitó la taza mientras le besaba un lado del cuello. "Una taza, Gatita. Eso es todo lo que tendrás por ahora".

"Tú me hiciste esto", ella fingió gruñir, inclinando a un lado su cabeza.

Él sonrió, la besó por toda la mandíbula. "Y te gustó cuando te lo hice".

Le guiñó un ojo, luego dejó la habitación tan rápido como entró.

Penny frunció el ceño. "Estúpido doctor", gruñó ella. "No sabe hacer otra cosa que estar por ahí". Se acercó a mi taza, la tomó de mis manos y le dio un sorbo. "Puedo tomar la de ella". Ladeó la cabeza hacia Kady. "A ella solo se le permite una taza también, y me mataría si le quito un poco. Estúpida cafeína y bebés".

"Yo no estoy embarazada", solté, luego me reí de mí misma, negué con la cabeza. "Eso es ridículo".

"No con nosotras. Yo dejé la píldora porque quería —quiero— un bebé", dijo Kady, su mano se dirigió a su vientre otra vez. "Como podrás imaginarte, me tomó unos dos segundos quedar embarazada".

"Probablemente yo quedé embarazada en mi primera vez", admitió Penny, mirando hacia cualquier parte menos hacia nosotras. Puede que hubiera tenido un rapidito por el pasillo con *uno* de sus hombres, pero definitivamente todavía tenía un poco de inocencia. "Yo quiero una familia, para quedarme en casa y lidiar con la locura de un montón de niños".

"Eso es... genial", dije neutralmente.

Era decisión de cada mujer escoger lo que quería hacer con su vida. Bebés o ningún bebé. Trabajo o ningún trabajo. Escalar el Everest, trabajar en un circo. Yo estaba más enfocada en una carrera, pero eso era porque me habían expulsado por completo para salir del sistema, para que hiciera algo por mí misma. Había estado sola durante toda mi vida y sabía que era la única que podía hacer que sucediera.

"El orfanato me hizo querer ser autosuficiente, aprendí a nunca más confiar en ninguna persona", admití.

La mirada en sus rostros no era de lástima o comprensión, sino tal vez simpatía.

"Mis padres murieron en un accidente automovilístico", me dijo Kady. "Tengo una media hermana, Beth, con la que crecí, pero es una drogadicta y no es… confiable".

"Mi madre me vendió a una compañía de gas y petróleo para el financiamiento de una campaña política. Ella es senadora".

Me quedé mirándolas a las dos, procesando sus —sí, novelas— historias. Le alcancé mi taza a Penny para que pudiese terminarla. "Definitivamente tú ganas".

Las tres rompimos en risas. Teníamos tristeza y problemas en nuestras vidas, pero nos habían traído aquí. No, Aiden Steele nos había juntado.

"Así que nuestro padre. Era un mujeriego, ¿cierto?", pregunté mientras aguantaba la respiración.

Nos reímos un poco más hasta que lloramos. Aiden Steele había dejado embarazadas a cinco mujeres. Tuve que preguntarme con cuántas más había estado que no *habían* quedado embarazadas. Un *completo* mujeriego.

Me estaba secando las lágrimas de los ojos cuando Sutton entró a la habitación, nos vio a las tres y se detuvo en la puerta. Kady se mordió el labio para intentar dejar de reírse y se secó los ojos.

"Señoritas", dijo él cautelosamente.

Mi corazón dio un salto al mirarlo, al oír la vibración profunda de una palabra. Alto, oscuro y taciturno. Ese era Sutton. Y a pesar de que no lucía… feliz por lo general, lucía feliz de verme. Sus ojos recorrieron todo mi cuerpo —no muy emocionante porque tenía la misma ropa del día anterior— con examen flagrante e interés. No tenía duda de que él podía ver la forma en que mis pezones se pusieron duros en respuesta. Con solo mirarlo, escucharlo, estar cerca de él hacía que mi cuerpo se despertara mejor que con cualquier cantidad de cafeína.

Quería tocarlo, besarlo. Maldición, quería treparlo como si fuera un mono. Entendía por qué Penny se había desaparecido con Boone. Si Sutton me tiraba contra la despensa, definitivamente perdería mis bragas. Y no tenía puesta ninguna.

Él no se estaba acercando, más que nada asustado por tres mujeres riéndose —lo cual era ridículo porque Sutton lucía del tipo de hombre que comía uñas de desayuno— así que caminé hacia él, curvé mis dedos en su camisa y me puse de puntillas para besarlo.

Sabía a menta, como si se acabara de cepillar los dientes. Reconocía su aroma, algún tipo de jabón picante y todo masculino, oscuro y viril. "Hola", susurré.

"Buenos días", respondió él.

"¿Quieres un poco de café?", pregunté, pero yo realmente, *realmente* quería tomar su mano y llevarlo a cual sea que fuese la habitación que Penny y Boone encontraron conveniente para su rapidito. Puede que fuese descarado de mi parte tomar el control, pero no tenía duda de que él tomaría el control una vez que llegáramos ahí y la puerta estuviese cerrada.

"No, estoy bien". Se llevó una mano por la parte posterior

de su cuello. "Dejaré que vuelvan a lo que sea que estaban hablando, señoritas".

No quería que se fuera y apreté mi puño, evitando que diera un paso atrás. Su ceja oscura se levantó.

"¿Necesitas algo, cariño?", dijo él, su voz fue tomando ese límite oscuro que hacía que me calentara.

Asentí, sintiendo que me deslizaba dentro del lugar donde Sutton se haría cargo de mí. Era extraño, por la conversación que estaba teniendo con Penny y Kady sobre que necesitaba tener el control de mi vida, de mi carrera. Dos segundos en los brazos de Sutton y estaba derretida.

"A Boone le gusta la oficina para los momentos ardientes; ustedes pueden subir", ofreció Penny. Apenas la conocía, pero reconocí el tono juguetón en su voz.

La cara de Sutton se endureció. Se quedó mudo.

"A Cord y a Riley les gusta el porche de enfrente", añadió Kady rápidamente.

La mirada de Sutton se movió a hacia ella y se levantó la comisura de su boca.

"¿Necesitas que me haga cargo de ti?", preguntó Sutton, con sus ojos oscuros moviéndose para observar los míos y luego mis labios.

"Solo quiero un beso", respondí.

Él sonrió entonces, el tono oscuro de hacía unos segundos fue desapareciendo. Él agachó su cabeza, rozó su boca contra la mía, lamió mi labio inferior con su lengua, luego levantó su cabeza. "¿Mejor?".

"Por ahora", dije, soltando su camisa, luego suavizando las arrugas. Quería asegurarme de que él supiera que solo un beso no iba a ser suficiente para mí.

"Por ahora", él estuvo de acuerdo y vi la promesa oscura en sus ojos. "Señoritas".

Se giró sobre sus talones y se fue, ofreciéndome una buena vista de su trasero en sus pantalones. Kady se dio aire con su mano. "Eso fue ardiente. Estoy muy contenta de que sus caminos se hayan cruzado otra vez. Él nunca te mencionó, al menos ante mí. Él ha sido el señor Pantalones Gruñones desde que lo conocí. Siempre me pregunté si era así por su época en el ejército o por las cosas que había visto o había hecho".

Sabía que se había alistado, que se había incorporado; me lo había dicho el verano pasado, pero nada más. Era obvio por la forma en que llevaba su apariencia, el cabello corto. Su... precisión. La primera noche que pasamos juntos —después de un combate sexual chispeante—tuvo una pesadilla después de que, finalmente, nos quedamos dormidos. Lanzó golpes, gritó, incluso me agarró la muñeca como si fuese parte de su sueño, como si lo estuviese lastimando. Luego fui capaz de despertarlo, pero había estado tan molesto consigo mismo, había sentido tanta vergüenza de que lo hubiese visto así e, incluso peor, de que me había lastimado.

Tenía moretones de su fuerte agarre, pero no había estado mal. Más que todo me había asustado mucho. Obviamente esta no había sido su primera pesadilla y ahora dudaba que fuese la última. ¿Por eso era que le gustaba dominar en la cama? ¿Necesitaba tener control mientras que en otros aspectos de su vida no lo tenía? ¿Por eso era que había sido tan complaciente cuando trajo a Archer y a Lee para que se unieran a nosotros en el hotel, para que no estuviese sola con él?

"Él mató por mí". Los ojos de Kady miraron hacia el techo y señaló. "Él le disparó a un hombre en la habitación principal".

"Escuché sobre eso la noche anterior, pero ¿en la habitación principal?", pregunté, recostándome contra la península. Yo había dormido ahí.

Kady saltó al mostrador, alisó su vestido. Ella no parecía

asustada porque Sutton hubiese matado a alguien en esta casa. "Es una larga historia, pero definitivamente es la razón por la que no quería llevarte arriba".

"Suéltalo", le dijo Penny, dirigiéndose al refrigerador y tomando una botella de jugo de naranja, luego una taza pequeña del armario. "Puede que ella conozca a Sutton en el sentido *épico*, pero eso no significa mucho con la forma en que estamos todas desvergonzadas y se nos caen las bragas tras dos segundos de respirar las feromonas de estos hombres".

"Eso es tan cierto. De acuerdo, aquí va". Kady me contó de su hermana y de su larga adicción a las drogas, que ella se casó con un hombre de la rehabilitación, quien solo quería tener acceso a la herencia de Kady y que contrató a un sicario para que la matara. Todo sonaba como una novela retorcida. Sin embargo, esa era la causa por la cual el tipo había entrado en la casa —en esta casa— para matar a Kady y Sutton, al encontrarlo, le disparó. Captó mi atención aún más. "Apenas volví a ver a Sutton desde ese episodio, porque había estado un poco histérica y Cord me sacó muy rápidamente de la casa. Sutton fue implacable. Emocionalmente cerrado. Calculador. Frío como un maldito pepinillo. Él ha matado antes. Probablemente, debes saber más que yo, pero es tranquilo y un poco aterrador. Ardiente, pero aterrador".

"Caliente y aterrador", reafirmé.

"Después de esa noche, nunca volví a dormir en esta casa. Penny lo hizo durante unas pocas noches, pero nunca se quedó en la habitación principal".

Penny negó con la cabeza.

"Puede que también tenga que reconsiderar en dónde voy a dormir ahora", dije. "No es como si pudieras decirme algo como eso y luego yo podría ser capaz de tener una noche de descanso, incluso si Lee y Archer estuvieran conmigo en la cama. Dios, esto me da una fea sensación".

"¿Sutton no se quedó anoche contigo?", preguntó Penny, con un pequeño ceño fruncido formándose en su frente.

Negué con la cabeza. ¿Por eso es que se había ido, porque la habitación era un recordatorio de lo que había hecho?

"Sutton es un buen hombre", aclaró Kady. "Él me salvo. *Mató* por mí y ni siquiera soy su mujer. Lo que haría por ti…".

Dejó esa oración incompleta.

"Yo no soy… Quiero decir, no sé si soy su mujer o no".

Las dos Kady y Penny se rieron. "Oh, tú eres su mujer. Y de Lee también, basándonos en la forma en que te mira. Si también eres de Archer, entonces tienes el trío perfecto de hombres".

Penny asintió con entusiasmo.

"Quiero trabajar", dije. "He puesto tanto de mí para obtener mi título de enfermera, no puedo simplemente parar ahora. Ser una ama de casa. Sin ofender, Penny, pero esa no soy yo".

Penny levantó la mano en un gesto de pausa. "Puede que seamos hermanas, pero no tenemos que ser iguales. Tu pasado te hizo querer patear traseros y tomar nombres. Mi pasado me hizo querer tener mi propia familia. Para tener una, quiero tener hijos con los que pueda tener el amor incondicional que yo nunca conocí". Su mano fue hacia su vientre.

"Yo soy maestra", me dijo Kady. "Había una vacante en la escuela del pueblo y la tomé. La tomé antes de saber que estaba embarazada, antes de que dejara de tomar la píldora, de hecho. Voy a trabajar hasta que nazca el bebé, lo cual será cerca de la culminación del año escolar. Tomaré la baja por maternidad, luego las vacaciones de verano. Decidimos que me preocuparía por el próximo año escolar después".

Eso tenía sentido. Era difícil decidir sobre algo que era

tan diferente, tan difícil de comprender. ¿Un bebé? Una locura.

"Yo no quiero hijos por ahora", dije. "Dios, quiero ser enfermera, ser autosuficiente. Ser independiente". La idea de descubrir que estaba embarazada hacía que me sudaran las axilas. Me hacía querer asegurarme de que los chicos tuviesen una caja de condones.

Lee se acercó a la habitación, fue hacia las ollas, levantó la tapa de cada una y les echó un vistazo. Aparentemente satisfecho, se acercó y me atrajo a sus brazos. Sus dedos se deslizaron debajo de mi barbilla, la levantó para que lo mirara. "No pienses ni por un segundo que reprimiremos tus sueños. Te queremos justo como eres". Dirigió su cabeza hacia Kady y Penny. "Puede que estas dos quieran tener un montón de bebés ahora mismo, pero yo soy ni un poco egoísta".

"Ustedes hombres o tienen oídos biónicos o estaban espiando", le dijo Penny a Lee.

Él no lo negó. Puede que hayan querido darnos un poco de espacio, pero seguramente deseaban integrarse. Ver cómo estábamos, tomarnos para tener sexo. Besos. Curiosear.

La mano de Lee se deslizó por mi cuello, lentamente para cubrir mi pecho, ignorando a Penny. Jadeé ante el tacto descarado. "No voy a compartir esto con un bebé. Compartir con Sutton y Archer es suficiente. Cuando sea el momento, cuando estés lista, no tendrás que renunciar a tu carrera para cuidar a un bebé".

"¿Oh?", tragué saliva, perdida, sin saber qué responder. Este era el Lee más serio que había visto, aunque tenía su mano en mi seno. Había tomado un aire de intensidad nivel Sutton.

"No. Yo quiero hacer eso. Quedarme en casa con los niños. Ser el señor mamá".

Kady hizo un pequeño jadeo de sorpresa, pero no la miré.

Tampoco lo hizo Lee. Él estaba concentrado exclusivamente en mí. Le estaba haciendo competencia a la intensidad de Sutton.

"¿Lo harías?", suspiré. Su pulgar me acarició el pezón y lo sentí por todo mi cuerpo hasta mis dedos de los pies. Él asintió una vez, un rizo rebelde caía por su frente. "Solo me queda un año o dos como experto. La jubilación viene temprano en mi profesión".

Él no tenía más de treinta, pero solo podía imaginarme lo difícil que era para su cuerpo ser derribado y lanzado por un toro enfurecido.

"Si puedo arrear unos cuantos terneros, puedo arrear a un montón de niños", añadió él con una pequeña sonrisa. "Quiero quedarme en casa y cuidar a todos esos bebés que nos vas a dar".

"¿Todos esos bebés?", espeté y me reí a la vez, luego sonreí a medias. "Puedo verte haciendo eso".

Podía. Él era tan relajado, tan juguetón que sería un buen padre. Uno genial, de los que se quedaban en casa. Pero lo que él estaba diciendo significaba que sería a largo plazo. No quería quedarse en casa con ningún grupo de bebés por el momento. Quería quedarse en casa con bebés que *nosotros* hiciéramos más adelante.

Se inclinó y me besó. "Hasta entonces, solo practicaremos cómo hacer esos bebés. Empezaremos un poco después".

Su pulgar y dedo índice pellizcaron mi pezón justo antes de que lo liberara por completo.

"Está bien". ¿Qué más podía decir? Especialmente, porque ¿Sutton también querría *después*? "Um, ¿Lee?".

"¿Sí, cariño?", preguntó él.

Me aclaré la garganta. "Definitivamente, después".

Ciertamente sabía cómo hablar con dulzura a mis pantalones... y estaba haciendo un buen trabajo llegando a mi corazón también. Mi útero estaría listo para albergar unos bebés para que él los criara.

Su mirada se dirigió a mis labios. "Más tarde. Archer está aquí. Es hora de hablar sobre lo que pasó anoche, y no me refiero a lo que hicimos en la mesita de café".

Guiñó un ojo y salió, dejándome con Kady y Penny interrogándome sobre los detalles sucios.

10

Sutton

"Quieres irte con él, ¿no es así?", preguntó Cricket.

Estábamos en el porche de la entrada mirando cómo se iban todos, los SUV y las camionetas levantaban el polvo mientras bajaban hacia la carretera. Kady y Penny se fueron con sus hombres a casa; Archer, camino a Missoula. El sol se estaba poniendo; habíamos hablado en la mañana, al menos, lo que se había pasado por alto cuando Cricket se levantó por la mañana. Después de escuchar lo mucho que se había exigido a sí misma trabajando a tiempo completo y yendo a la universidad, y tras lo tarde que la habíamos mantenido despierta, se merecía dormir. Saber que Archer, Lee y yo la habíamos dejado así de cansada también me llenaba de un orgullo masculino ridículo.

Yo dormí profundamente. Sin pesadillas. Quizás, mandarlas a la mierda era la forma de lograrlo. Pero entonces recordé la noche en que conocí a Cricket en el rodeo, cuando la llevé a mi cama del hotel. Después de haberla follado dos veces nos habíamos quedado dormidos y luego apareció la pesadilla. La agarré creyendo que era un rebelde. Ella gritó, me empujó lo suficiente para que me despertara, para que me diera cuenta de que le había lastimado su hermosa piel. Pudo haber sido peor.

Por temor a que volviera a suceder era que la había dejado con Archer y Lee la noche anterior. De ninguna jodida manera la volvería a lastimar, ni siquiera involuntariamente. Esa era la ventaja detrás de reclamarla con mis dos mejores amigos. Ella no estaría sola por las noches. Podía ser abrazada, calentada en el frío del invierno, incluso follada si lo necesitaba. Pero no iba a ser conmigo. Yo felizmente llenaría cualquiera de sus necesidades *fuera* de la cama y cuando no existiera la mínima posibilidad de que me quedara dormido.

"Sí, quiero ir con Archer". Inclinándome, besé la parte superior de su cabeza. "Demonios, sí".

Hablamos durante el almuerzo como grupo —Cricket y yo junto con Archer, Lee, Cord, Riley, Jamison y Boone. También Kady y Penny—. Escuchamos a Cricket contar los detalles que sabía del episodio. Nombres, ubicaciones, cómo había pagado su deuda, cómo habían ido ellos a su casa, cómo la secuestraron, a dónde la llevaron. Eso había tomado más de una hora, así que Archer necesitó el resto de la tarde para trabajar con la policía que tenía la jurisdicción para organizar un arresto. Por la noche sería mejor. La cobertura de la oscuridad, la sorpresa, y la policía sabía dónde carajos estarían ellos y el club nudista.

Enrollé mi brazo por la cintura de Cricket, la llevé a mi lado. Se sentía tibia, suave y perfecta en mis brazos. Se sentía... bien. Me invadió una oleada de satisfacción. Me había preguntado dónde estaba durante un año. Demonios, me había preguntado *quién* era ella. Me había pateado a mí mismo todos los días deseando haberle dicho algo para que ella hubiese vuelto, al menos, para darme su maldito número de teléfono.

Sin embargo, estaba aquí. Estas eran sus tierras y no se iba a ir a ninguna parte. Dependía de mí no arruinarlo. Miré a Lee por encima de su cabeza, vi en él la misma determinación que yo sentía.

Los hombres que habían acosado a Cricket iban a ir a la cárcel. No, ellos no solo la acosaron, habían traficado sexo con ella. La obligaron a quedarse en contra de su voluntad y la amenazaban si ella no cumplía sus pedidos, que incluían actos inapropiados, como el baile sexual, para un pago de un dinero que, posiblemente, nunca acabaría. Esas eran las palabras sofisticadas que Riley había usado, las que la policía local usaría en la orden de captura.

Archer iba en camino al área de Missoula para reunirse con ellos y presenciar que se llevara a cabo. A pesar de que no era su jurisdicción, ellos eran más que generosos al dejar que él participara en el arresto, solo desde el punto de vista de apoyo.

Saber que él estaría ahí me calmaba la mente, que él vería a los tipos con esposas y fuera de las calles. Nunca más ninguno sería una amenaza para Cricket o para cualquier otra mujer.

"Si él estuviese ahí, Sutton simplemente lo arrestaría él mismo", dijo Lee, lo cual hizo que Cricket volteara la cabeza para mirarlo.

Esa era la maldita verdad. Yo estaría tras las rejas porque en vez de darle el derecho de permanecer callado y el derecho a un abogado, el imbécil estaría muerto. ¿El maldito quería explotar a los que eran más débiles? ¿Intimidar mujeres? ¿Forzarlas a hacer mierdas enfermas? Sí, él estaría en la parte trasera de mi camioneta como un alce durante la temporada de caza. Yo había matado por Kady. Lo haría por

Cricket sin siquiera parpadear. Había matado mientras estaba en servicio, con la línea borrosa sobre quién era realmente el enemigo cuando me sentaba en un desierto extranjero. Eso también me obsesionaba. Mantener a Cricket a salvo era mi prioridad principal.

Y Archer sabía esto y por eso es que yo estaba de pie en el porche y él se había ido para acabar con el asunto.

"Kady me dijo que tú mataste al tipo que entró en la casa", dijo ella con voz suave.

Me calmé. El pánico se apoderó de mi corazón. Lo que había pasado no era un secreto. Cualquiera de los chicos que estuvo ahí esa noche pudo haber hecho lo mismo. Yo simplemente lo encontré primero. "Lo hice. ¿Te asusto?".

"¿Porque estabas protegiendo a mi hermana?". Ella levantó la cabeza, me miró, me estudió como preguntándose si era en serio.

Asentí.

"Por supuesto que no. Estoy orgullosa de ti".

"¿Estaba orgullosa de mí? Había *matado* a alguien. Estaba asustado, no físicamente, pero sí mentalmente. "Lo haría por ti". Acaricié su mejilla con mis nudillos.

"Una vez más, por eso es que estamos aquí y Archer se fue tras los tipos malos", dijo Lee, dándole vueltas al asunto, aclarando la situación, tal como era su naturaleza. Yo era demasiado serio. Otra vez.

"Ellos van a llamar cuando estén en custodia", le dije a ella, dándole un apretón tranquilizador.

"¿Qué deberíamos hacer hasta entonces?", preguntó Lee, enganchando un brazo por la cintura de Cricket y atrayéndola hacia él. Le hizo cosquillas y ella se rio, se retorció.

"Kady dijo que Cord y Riley tuvieron sexo con ella aquí en el porche".

Lee se acarició el cuello mientras yo miraba hacia la

barandilla del porche en una luz completamente nueva. "Kady habla demasiado".

"Ustedes dijeron que más tarde". Ella miró a Lee, luego a mí. "Ya es más tarde".

De seguro que lo era. Estábamos solos. Solo deseaba que Archer también estuviese aquí, pero no siempre la tomaríamos juntos. Él tendría un poco de tiempo a solas con ella cuando regresara. Hasta entonces, era toda nuestra.

Lee se rio. "Es cierto, cariño. Ahora dile a tus hombres lo que quieres".

"Yo quiero… quiero que ustedes estén a cargo". Incluso en la luz menguante podía decir que se estaba sonrojando. La forma en que no nos miraba a los ojos hizo su necesidad de sumisión encantadora y su inocencia tan jodidamente dulce.

Levanté su barbilla, esperé hasta que sus ojos oscuros se encontraran con los míos. "Buena chica. Pero no te voy a compartir con el maldito mundo. Lleva ese hermoso trasero adentro". Con una nalgada juguetona la envié en la dirección correcta. Lee y yo nos pusimos de pie ahí, observamos su parte trasera balanceándose mientras caminaba hacia la puerta de entrada. Cuando nos miró por encima de su hombro y nos dio una sonrisa juguetona, supe que habíamos encontrado a alguien compatible.

"Estamos tan jodidos, ¿sabías eso?", murmuré.

Lee se acercó, me dio una palmada en el hombro. Sonrió. "No lo tendría de otra manera".

Él siguió a Cricket a la casa, sus dedos ya estaban trabajando en los botones de su camisa y no pude evitar sonreír.

"Quítale esas ropas, cariño. Has estado tentándome todo el día con solo respirar".

Mi pene se hinchó en acuerdo con las palabras de Lee. Con solo verla, su aroma me tenía anhelando estar dentro de esa vagina dulce. Cerré la puerta detrás de mí, giré la cerradura y los seguí hasta el gran salón.

Cricket se sacó su camiseta por encima de la cabeza, revelando el mismo sujetador de la noche anterior. Entonces recordé, aunque apenas, porque estaba pensando con mi pene en vez de mi cerebro, que ella no tenía más ropa. Cuando el maldito estuviese tras las rejas, iríamos con ella a su apartamento. No esperaba que se mudara al rancho, sobre todo porque su universidad estaba a dos horas, pero necesitaría ropa hasta que fuese el momento de regresar.

Cuando se deslizó los pantalones por sus caderas y bajo sus piernas, descubrimos...

"Maldición, cariño", dijo Lee, sacándose la camisa fuera de sus brazos y dejándola caer al suelo. "¿No has usado bragas en todo el día?".

Se mordió el labio, negó con la cabeza, su cabello se deslizó por sus hombros desnudos.

Sí, puede que le busquemos algo de ropa en su apartamento, pero estaba disfrutando esta apariencia desnuda. Las bragas definitivamente iban a ser opcionales.

Lee se abrió los pantalones, sacó su pene y se agarró la base. "¿Ves lo que me haces? He estado así todo el maldito día".

Él se agachó, agarró una almohada del sofá y la lanzó al suelo. Señaló. "Ahí, ponte de rodillas. Quiero esa boca caliente alrededor de mi pene".

Lee no era realmente un dominante. Podría decir que con este tono no le daba Cricket la sensación de que él estaba a cargo, que la iba a nalguear si no cumplía o decía su palabra de seguridad. Pero la sonrisa con la que se había metido en el bolsillo a muchas mujeres funcionó con Cricket. Y ahora que la teníamos, era toda para ella. Conocía a Lee, sabía que no querría a nadie más aparte de Cricket. Ese pene estaba duro por ella y por nadie más.

Sacándose el resto de sus pantalones, caminó desnuda al lugar, se puso de rodillas.

Maldición.

Lee caminó hacia ella y la punta de su pene estaba a unos centímetros de sus deliciosos labios. Él se dio vuelta y me miró. "Amigo, ¿te vas a unir a nosotros o vas a observar?".

Desde su hermosa posición delante de Lee, Cricket me miró, con sus ojos llenos de calor. Estaba justo ahí para nosotros. Sus mejillas estaban sonrojadas; sus labios, separados. Con su piel pálida, curvas suaves, senos grandes, era hermosa. Sus pezones estaban rosa pálido y erectos, en picos apretados. Se me hacía agua la boca por probarlos otra vez. Su vientre estaba ligeramente curvado y sus caderas anchas. Por la forma en que se sentó con sus rodillas separadas, sabía que Lee podía ver su vagina.

Era nuestra. Deseosa. Lista. Esperando.

Y yo estaba de pie a un lado, mi pene seguía en mis malditos pantalones. Me moví para estar hombro a hombro con Lee. Se frotó los dedos y se inclinó hacia adelante, lamió su pene como una chupeta.

Sí, me iba a venir con solo ver eso. Me abrí los pantalones, me saqué el pene de repente y lo sacudí, observé mientras untaba a Lee con su lengua, luego lo tomó dentro de su boca. Las caderas de Lee se resistieron y lo tomó más profundo. Sus fosas nasales se dilataron mientras respiraba y su mano se acercó a cubrir el mío. Aparté mi mano, dejé que se hiciera cargo, deslizándose arriba y abajo por toda mi longitud mientras chupaba a Lee.

Demonios, se sentía tan bien. Su mano era pequeña, sus dedos apretaban con fuerte agarre. Gemí cuando golpeó la punta con su pulgar, luego frotó el punto sensible en la parte trasera.

"Jodidamente rico", dijo Lee gruñendo. "Vamos a dejar que Sutton sienta esa pequeña boca caliente".

Se lo sacó, nos miró a los dos a través de sus pestañas oscuras. Tan sumisa, tan hermosa. Ella se giró, la almohada se deslizó sobre el suelo duro para estar más cerca de mí. Me tomó profundamente y enseguida, pasándoselo por las mejillas y prácticamente tratando de chupar el semen de mis pelotas en la primera entrada.

Y lo iba a hacer. No iba a durar.

"Demonios, cariño. Estoy como un adolescente. Me voy a venir y apenas me acabo de meter dentro de tu boca".

Di un paso atrás, me tumbé sobre el sofá. Estaba completamente vestido con mis pantalones por las caderas, con el pene afuera. Ella se quedó mirándome con ojos oscuros, llenos de calor salvaje. Sus labios estaban rojos e hinchados por chupar, sus pezones gordos y suaves. Ahora podía ver su vagina, incluso en la sombra, sus rizos oscuros se veían a la perfección. Era el cielo dulce.

"¿Estás húmeda, cariño?".

"Sí", susurró ella.

"Muéstrame".

Lee dio un paso atrás, se cruzó los brazos encima de su pecho desnudo. Su pene estaba pegado directamente hacia ella y sabía que ninguno de los dos iba a durar mucho estando fuera de su boca por mucho más tiempo. Pero no la íbamos a tomar antes de que estuviese lista. Necesitábamos saber si estaba justo ahí con nosotros.

Deslizó su mano entre sus muslos sobre su vagina. Sus ojos se cerraron, sus hombros quedaron relajados.

"Esa sí es una vista", dije.

Por el rabillo de mi ojo, pude ver a Lee frotándose él mismo.

Cricket me miró, levantó su mano y nos mostró cómo sus dedos estaban mojados de su miel pegajosa.

Lee fue hacia ella, la ayudó, luego levantó su mano a su boca y le lamió los dedos hasta que quedaran limpios.

"No puedo esperar, cariño. Dime si no estás lista porque esa boca tuya es demasiado buena".

"Estoy lista", dijo ella casi desesperadamente.

"Entonces dale un beso a Sutton porque esa boca tuya va a estar ocupada".

Vino hacia mí, se agachó y me besó. Sus labios estaban tan dulces... por solo un momento breve porque ninguno de los dos podía contenerse. Nuestras bocas se abrieron, nuestras lenguas se enredaron. Deslicé mi mano por todo su cuello, mis dedos enredándose en su cabello, agarrando, tirando. La inmovilicé.

Cubrí su seno, corrí mi pulgar hacia adelante y hacia atrás por todo su pezón. Se quedó sin aliento y me tragué su gemido. Ella era demasiado. La necesitaba. Ahora.

La empujé hacia atrás y nuestros labios se separaron, así que estaba de pie una vez más. Inclinando mi cabeza hacia Lee, dije: "Haz lo que él dice, cariño".

Sus labios estaban rojos e hinchados; sus ojos, nublados.

"A un lado del sofá y pon esa boca en el pene de Sutton. Míralo, todo ese líquido preseminal es para que lo lamas".

Era cierto, mis pelotas prácticamente se estaban desbordando. Un fluido claro se deslizó por el glande de mi pene y por toda la longitud. Cricket se movió hacia la punta del sofá, reposó sus muslos contra el brazo suave, luego se inclinó hacia adelante. La mano de Lee que permanecía entre sus omóplatos la ayudó hasta que su boca se cernió encima de mi pene. Sentí su respiración cálida soplar mi piel sensible un segundo antes de que me tomara profundamente.

Gemí, levanté las caderas, pero con cuidado de no ir muy rápido.

Lee le dio una palmada juguetona en el trasero. "Buena chica. ¿Lista para esto?".

Sacando un condón del bolsillo de su pantalón, abrió el paquete rápidamente, se forró a sí mismo. Se puso detrás de ella y lo observé deslizarse dentro de ella, desapareciendo dentro de su vagina.

La cabeza de él se inclinó hacia el techo, sus ojos se cerraron. "Perfecta. Tan jodidamente ajustada".

Podía percibir lo mojada que estaba, pero no podía concentrarme en eso. Su boca era el cielo, chupando y lamiendo con la voracidad de una mujer cerca de venirse. Mi cerebro no podía procesar los pensamientos, así que halé su cabello hacia atrás, cubrí su nuca y la guie.

Lee la follaba, sus cuerpos chocaban uno contra el otro. Por la forma en que sus dedos se estaban clavando en mis muslos, sabía que estaba cerca de venirse. También Lee desde que se inclinó hacia adelante, entre el cuerpo de ella y el sofá y frotó su clítoris.

Ella gimió y las vibraciones acabaron conmigo. Mis pelotas se apretaron y no me pude contener. Presioné la cabeza contra el colchón del sofá, contraje cada músculo de mi cuerpo mientras disparaba mi semen dentro de la boca de Cricket. Ella se lo tragó, sentí su garganta trabajando mientras lo tomaba todo de mí.

Demonios. "¡Demonios!", grité a nadie. El placer abrasador quemó mi cerebro, sació mi cuerpo y me enamoré de Cricket. No porque fuera una buena chupadora. No, de esas había por montones. Cuando levantó su cabeza y se salió de mí, se lamió los labios, luego pasó su lengua sobre una última gota perlada que se deslizó de mí, supe que era generosa y estaba ansiosa de hacerme sentir bien. Tomando su hombro la levanté para poder besarla. Me probé a mí mismo, pero no me importó una mierda.

Era el turno de Cricket de venirse.

"Qué chica tan buena, follando a tus hombres así. Es hora de que te vengas tú", le dije, nuestras miradas se encontraron.

Lee se había calmado mientras me vine, pero volvió a agarrar el ritmo.

Sus ojos se encendieron, sus mejillas se sonrojaron.

"Córrete", dije con voz profunda.

Lo hizo, por mi mandato o por habilidades de Lee, no lo supe. No me importaba. Pero tenía una vista perfecta de su placer mientras Lee la siguió y sus sonidos se mezclaron. Mierda, mirarla venirse era la cosa más hermosa del mundo. Perdida, entregada a la pasión de su cuerpo que nosotros le otorgábamos, era tan especial.

Estaba desinhibida con nosotros. Era un regalo preciado.

Ella era un regalo preciado.

Lee se salió, él la levantó, la puso sobre mi regazo mientras iba a sacarse el condón. La piel de ella estaba caliente y llena de sudor; sus músculos, suaves. Reposó su cabeza sobre mi pecho, su mano sobre mi corazón. Pensando que se relajaría, la abracé con una mano, agarré una sábana suave de la parte trasera del sofá y la arropé.

Cuando Lee regresó, sus pantalones estaban cerrados y tenía las extremidades sueltas, la apariencia saciada de un hombre bien follado. Asumo que yo tenía la misma expresión, porque seguro que me sentía de la misma manera.

"Se quedó dormida", dijo él con voz baja, estudiándola. "Vamos a llevarla a la cama".

Demasiado relajada.

"A otra habitación", aclaró Lee, pensando sin duda que de ninguna jodida manera yo iba a ir a la habitación principal otra vez después de que maté al imbécil.

Sin embargo, no era por eso. Yo no iba a dormir con Cricket, arriesgándome a la oportunidad de que la lastimara otra vez durante alguna pesadilla. Me puse de pie, moviéndome para que estuviera segura en mis brazos. Él tenía razón; ella estaba dormida, sin moverse.

"Aquí. Tú llévala a la cama". Se la tendí a Lee, me arreglé los pantalones, luego le quité el cabello de la cara. Me marché.

"Sutton", me llamó Lee.

Me giré en la puerta.

"A ella no le va a importar si la despiertas", dijo él, sabiendo de mis pesadillas.

Apreté la mandíbula, mi cuerpo estaba jodidamente tenso como si no acabara de venirme. "Lo haré. No la lastimaré. Ella está a salvo contigo".

Me giré sobre mis talones y dejé la casa. Cricket estaría con Lee. Vigilada. Amada. Yo la quería y había tanto que podía darle...

11

"¿Sutton?", pregunté soñolienta, al escuchar que alguien llegó a la habitación.

Sentí la cama moverse a mi lado izquierdo, pensé que Sutton había cambiado de opinión con respecto a dormir solo en la cabaña.

Sentí el beso suave sobre mi hombro desnudo. "No, cariño, soy yo".

Archer.

Su voz era apenas un susurro mientras se deslizaba debajo de las sábanas. Su peso hizo que me inclinara hacia él y su brazo se posó sobre mi cadera, me atrajo hacia sí e hicimos una cucharita. Su olor era diferente al de Lee. Más silvestre. Oscuro. Estaba desnudo, con su piel tibia y sentí cada centímetro duro de él. Especialmente los centímetros que me empujaban el trasero.

Lee se movió delante de mí, pero no se despertó. Estaba

boca abajo, con un brazo arriba sobre su cabeza metida debajo de la almohada. En algún punto me había despertado con las ganas de ir al baño, descubrí que solo Lee estaba conmigo. Sutton se había ido. Me había *dejado* con Lee.

A pesar de que no me molestaba la presencia del montador de toros profesional, no era de acurrucarse, prefería estirarse para dormir. Sin embargo, Lee era todo lo contrario. En la oscuridad y en la curva de sus brazos, me sentía refugiada y protegida. No es como si Lee me hubiese rechazado por quedarse dormido a unos centímetros en vez de a dos milímetros, como me habría gustado, pero yo era el tipo de mujer al que le gustaba ser abrazada y dormir en los brazos de alguien. Con los dos en la cama conmigo, enrollada en uno y a un brazo de distancia del otro me sentía... contenta. Lo único que me faltaba era Sutton.

Mi mente se encendió y me enrollé en los brazos de Archer para poder mirarlo, vi el contorno de su cabeza, el blanco de sus ojos. "Me alegra que estés aquí", susurré. "Solo pensé que podías ser él".

"No eres tú, cariño", respondió él.

No quería hablar sobre Sutton y de por qué él prefería dormir en cualquier sitio menos conmigo. No ahora y no con Archer. Esto no era séptimo grado; hablaría directamente con Sutton y cuando fuese el momento correcto. Técnicamente solo lo conocía por tres días, no era el tiempo suficiente para ver una dirección, pero definitivamente estaba iniciando una. Él me quería, me deseaba. Incluso me respetaba, pero se rehusaba a compartir una cama conmigo.

"¿Los agarraste?", pregunté, refiriéndome a Schmidt y Rocky.

Archer acarició mi cabello hacia atrás, luego deslizó su mano por mi brazo, por toda mi cintura y se instaló en mi cadera. "Sí. Damon Schmidt y Richard Blade ahora están bajo la custodia del departamento del alguacil del Condado de Missoula".

Suspiré, aliviada, me incliné hacia adelante y besé su pecho desnudo. Su piel estaba acalorada, los cabellos cortos me hicieron cosquillas en los labios. Schmidt y Rocky estaban fuera de las calles y ya no me volverían a molestar. No aparecerían en mi apartamento, ni me acosarían o amenazarían. Y no tendría que usar el traje de enfermera nudista. "Bien. Gracias".

"Tendrás que dar declaraciones formales, pero eso es todo. Mañana haremos eso y te llevaré a tu apartamento".

Me puse rígida y su mano empezó a deslizarse sobre mi cadera y mi muslo, acariciándome.

"Tú… ¿quieres que me vaya a casa? Esta casa, el rancho, es mío y puedo…".

"Shh, no te encabrones o despertarás a Lee. No quiero que te vayas. Pero probablemente querrás empacar una maleta, buscar algo de ropa, quizás un cargador de teléfono o algo".

Me relajé. Me di cuenta de que tenía razón. No podía usar los pantalones y la camiseta por un tercer día seguido y, a pesar de que a los hombres les gustaba que anduviera desnuda, no era mi atuendo favorito. "Sí, tengo que hacerlo".

Tenía que ir de vuelta a Missoula para el comienzo del semestre, pero eso no era hasta dentro de dos semanas. Como ya no tenía que trabajar, no tenía que apresurarme en regresar.

"Cariño, esto entre nosotros, entre todos nosotros, bueno, lo hicimos al revés". Él se inclinó hacia adelante, me besó la frente. Su aliento olía a menta, como si se acabara de cepillar los dientes.

Levanté la mano, llevé mis dedos hacia su cabello, sentí que estaba ligeramente húmedo, probablemente por un baño.

Sonreí, pero él no podía verme en la oscuridad. "Muy al revés".

Me había gustado Sutton desde el comienzo. Él me escogió fácilmente y me tuvo en su habitación de hotel durante unas horas. Luego Lee y Archer se unieron a nosotros la noche siguiente y... no habíamos hablado mucho. Los conocía íntimamente, a un nivel que no entendía, pero no sabía mucho sobre ellos. Sabía que Archer vivía en Barlow, pero ¿tenía hermanos y hermanas? ¿Era alérgico a algo? ¿Le gustaban las películas de terror? ¿Y Sutton y Lee? La mayoría de las mujeres salían con un chico y eso era lo suficientemente difícil de negociar. Yo tenía tres.

Quería tres.

"Esto es real. Acabas de conocer a tus hermanas, pero su relación con sus hombres fue rápida también. Pensé que Cord y Riley estaban locos por estar tan dominados por Kady, pero luego vi que estaban locamente enamorados. Lo mismo pasó con Jamison y Boone con Penny. Todos lo supieron. Instantáneamente".

Mis manos seguían en su cabello. "¿Estás diciendo que esto es amor a primera vista?", susurré.

"¿Para ellos? No puedo estar seguro de eso, pero los has visto juntos. Es intenso. El amor es obvio".

Cierto.

"¿Para mí?", añadió él, luego hizo una pausa, como si estuviese pensando en las palabras correctas. "Demonios, estaba igual de oscuro la noche que nos conocimos, pero supe que te querría. Lo supe cuando nos despertamos y tú te habías ido".

"Te despertaste molesto porque estabas en la cama con otros dos hombres", contesté.

"¿Cómo lo supiste?", preguntó él, e identifiqué humor en su tono.

Sonreí, pensando en los tres muy masculinos chicos despertando lado a lado. "Una suposición salvaje".

"Sutton estaba en la otra cama doble. Solo. Tú ves cómo duerme Lee, así que no es como si él y yo nos estuviéramos abrazando. Pero sí, éramos como tres osos irritables cuando nos dimos cuenta de que nuestra ricitos de oro de cabello oscuro se había ido".

Odiaba haberlos lastimado, pero no lo supe, no había esperado que realmente me quisieran para más que un fin de semana salvaje. Ahora lo sabía. "Lo siento".

"Lo sé. Y no es tu culpa". Con su mano cubriendo mi cadera, me acercó a él, deslizándome con facilidad por la sábana suave. "Debimos haberte dicho cómo nos sentíamos".

Lee se movió detrás de mí, se acercó y ahora hacía cucharita conmigo. Su mano se instaló sobre mi muslo debajo de la de Archer. Obviamente no había estado dormido.

"Es cierto, cariño". Su voz estaba ronca por el sueño. "Debimos haberte dicho cómo nos sentíamos. Puede que hayamos sido los amigos de Sutton que llevó para cumplirte una fantasía, pero no era solo eso. ¿Lo fue?".

Negué con la cabeza, pero probablemente no podían verme. "No".

"Cierra los ojos". Sentí el movimiento de Archer, escuché el crujido de la cama. La lámpara de noche se encendió. A pesar de que la luz estaba baja, cuando abrí los ojos, parpadeé para que se ajustaran. No estábamos en la habitación principal, sino en otra abajo en el pasillo. No sabía nada sobre mi padre o quien quiera que haya vivido en la casa con él, pero la decoración de la habitación era lo suficientemente neutral para ser una habitación de empleados. Con una cama tamaño grande, era para unos vaqueros como Archer y Lee o una pareja. O un trío. Todo lo que me importaba era que nadie había sido disparado en la habitación.

"Ahí", dijo él. Su mirada me recorrió, se instaló en mi boca. Su barba estaba oscura, completa. A pesar de que se había bañado antes de unirse a nosotros, no se había tomado el tiempo de afeitarse. Deslicé mi mano para acariciar su mandíbula, sentí la barba de varios días áspera.

"No voy a pasar otra noche en la cama contigo con las luces apagadas a menos que estemos durmiendo", añadió él.

"Y no vamos a estar durmiendo", añadió Lee, poniéndome de espaldas y los dos se cernieron sobre mí.

Con dos hombres mirándome, sonreí. Las palabras de Lee mantenían una promesa con la que estaba de acuerdo. No sabía qué hora era, tarde o, quizás, muy temprano por la mañana. Ya no estaba cansada. No con ellos mirándome como si yo fuera una amenaza que quisieran probar.

"Yo te tuve esta noche, cariño. También Sutton. ¿Crees que Archer debería tener su turno? Él fue y capturó a los chicos malos", añadió Lee, como si necesitara eso como incentivo para tener momentos calientes con el oficial.

Miré a Archer, que había movido su mano a mi pecho, su dedo se acercó a mi pezón, pero sin tocarlo. Se endureció por él instantáneamente.

"¿Qué hiciste con Sutton y Lee, cariño?".

Aunque estaba desnuda entre dos hombres igual de desnudos y uno de ellos estaba jugando con mi pecho, aun así, me sonrojé ardientemente con su pregunta. Dios, lo que hice con ellos. "Yo...um, ellos...".

Lee se rio. "¿No eres muy amante de las charlas sucias?".

Negué con la cabeza, me mordí el labio mientras Archer finalmente me haló el pezón.

"Chupó a Sutton mientras yo la tomaba desde atrás. Te perdiste lo hermosa que estaba recostada de espaldas a un lado del sofá".

Los dedos de Archer permanecieron ahí, sus ojos se encontraron con los míos. "¿Ninguno tomó tu trasero?".

Me sonrojé incluso más. "No".

Se rio entonces, su mano se deslizó por todo mi cuerpo para cubrir mi trasero. "Bien. Sabes cuánto amo tomarte por ahí". Cuando su dedo bajó más hasta ese lugar oscuro que había reclamado en el verano pasado, añadió: "Lo amaste también. ¿Cierto?".

Cerré los ojos, la habilidad de él de hacerme tan anhelante de algo tan... íntimo e intenso era impresionante. La necesidad corría a través de mí otra vez y me puse húmeda instantáneamente. Quería a Archer. Quería que Archer me tomara como en el verano pasado. Fuera de todas las cosas sumisas que hice, esta era la más intensa, la más confiable. "Sí".

Los hombres se miraron el uno al otro, tuvieron esa comunicación silenciosa, ridícula, luego se movieron.

"Lee te va a calentar y a dejarte lista para mi pene", dijo Archer, dándome un beso rápido en los labios. "Ya vuelvo".

Se deslizó de la cama y salió de la habitación y obtuve una vista fabulosa de su trasero terso y su espalda musculosa en el camino. Era igual de impresionante desde este lado.

Lee me giró el mentón para que lo mirara de vuelta. "Si Archer va a reclamar ese trasero otra vez, entonces necesitas estar rogando por ello". Me dio una cachetada en el trasero, luego se acostó de espaldas. "Monta mi cara, cariño".

Montar la suya... ¡oh!

Sonrió, se lamió los labios. "Ven aquí. Déjame comer esa vagina".

Me senté, llevé mi pierna encima de su cintura y me arrastré hacia arriba, así que quedé a horcajadas en su cabeza. Él se hizo cargo entonces, amablemente, y agarró mis caderas, me bajó y su boca quedó sobre mí.

Todo lo que pude hacer fue jadear y agarrar la cabecera de la cama. Me lamió desde mi entrada hasta mi clítoris y de vuelta, lamiéndome por toda mi abertura, abriéndome y luego profundizando, su lengua era un punto rígido mientras él casi me follaba con esta. Luego fue de vuelta a mi clítoris. Grité ante sus habilidades implacables y precisas. Era como si supiera exactamente cómo tocarme. Lo duro, lo rápido y en los lugares correctos.

Archer regresó a la habitación, completamente desinhibido. Era difícil prestarle atención al lubricante y a los condones que estaba sosteniendo cuando su pene se paró, grueso y largo, y también porque Lee era increíblemente talentoso con su lengua.

"Maldición, ahora esa es una vista". Archer sonrió, lanzó los condones sobre la cama. Obviamente él había pensado sobre esto antes de venir y tuve que suponer que se había parado en su casa en el pueblo para ducharse y recoger los suministros. Abriendo la tapa del lubricante, se untó un poco en los dedos.

"¿Lista?".

Negué con la cabeza, pero jadeé cuando Lee hizo algo mágico con su lengua.

Arrastrándose a la cama hacia mi lado, Archer me besó el hombro mientras su mano se deslizaba más abajo. "No te preocupes, lo estarás".

12

RCHER

Dos días. Dos días estando con Cricket y habían sido fabulosos. Aparte de llevarla a la oficina del alguacil en Missoula para que declarara sobre los imbéciles del club desnudista y buscar algo de ropa en su apartamento, habíamos pasado un buen rato. Demonios, eso no era cierto. Había sido genial. Mierda. No podía pensar en cómo llamarlo. Tampoco era *genial*. Fue más que genial.

Usualmente mis días libres en el verano eran ocupados con largas siestas, unas cuantas cervezas, quizás un viaje de pesca o, incluso, yendo a acampar, posiblemente. No había esperado que Cricket simplemente volviera a nuestras vidas como por arte de magia. Maldición, después de un año, no había esperado que apareciera en lo absoluto. Pero el tiempo libre había sido increíble. Aparte del sexo, que estaba fuera del cuadro, conocerla despierta y vestida había sido realmente revelador. Primero, porque *quería* conocer a una mujer mientras estuviese despierta y vestida. Segundo, no estaba pensando en desvestirla. Eso no estaba bien. *Siempre* estaba pensando en Cricket desnuda, pero había mucho más de ella que sus senos hermosos o su vagina perfecta.

Ella era inteligente. Inquieta. Ambiciosa. Fuerte. Dulce. Era todo lo que quería en una mujer, pero nunca lo supe porque nunca *la había conocido*. Ella era la indicada. *La indicada*. Había llegado a esa conclusión cuando las luces estaban apagadas esa primera noche en la habitación del hotel Poulson. Lo había sabido desde entonces, deseando ser jodidamente capaz de encontrarla. Ser oficial y no ser capaz de rastrear a alguien era casi cruel. Y ahora que la teníamos, simplemente se sentía... bien.

Excepto por Sutton. El maldito necesitaba sacarse la cabeza del trasero. Sabía que había pasado por un montón de cosas en el alistamiento que nunca mencionaba y que nunca lo haría. Eso lo cambió. Había vuelto diferente de su último período en el exterior. Más fuerte. A pesar de que ahora estaba fuera del servicio, su luz, la felicidad casual que siempre tenía, se había ido. ¿En su lugar? Oscuridad. Indicios de desesperación. Culpa. Tristeza.

El fin de semana en que conoció a Cricket me había contentado que hubiese llevado a una mujer a la cama, para dejar ir sus problemas y olvidar. Tenía que dejar que su pene estuviese a cargo por una vez. Cuando me envió un mensaje la noche siguiente y quiso que Lee y yo nos uniéramos para tomar juntos a una mujer para cumplir una de sus fantasías, estuvimos completamente de acuerdo. Demonios, incluso ahora mi pene estaba goteando al recordarlo. Compartir a una mujer con amigos pertenecía al banco de fantasías de todo hombre. Pero a los minutos de llegar a la habitación de hotel de Sutton, supimos que sería más que eso. Cricket era más. También sus razones para que nosotros estuviésemos ahí.

Él la quería, pero había necesitado que nosotros también estuviéramos ahí. Estaba asustado de él mismo, de que de alguna manera él la lastimaría. Eso era imposible. Conocía a Sutton desde que éramos unos chicos. Él *nunca* lastimaría a una mujer. Jamás. A pesar de que la idea era ridícula, él se la había creído.

Pero Cricket se había ido. Había desaparecido. Ya luego no importó. Ella no había estado cerca, así que no había motivos para que él se preocupara. No había estado interesado en otra mujer. Tampoco nosotros. Él quería a Cricket.

Solo a Cricket.

Él se había endurecido aun más después de eso, había sido un maldito dolor en el culo tenerlo cerca. Malhumorado. Ensimismado. *Más* ensimismado de lo usual, lo cual era casi imposible. Había estado deprimido durante un maldito año, deseando haberle dado su número a Cricket, lamentando no haberle dicho lo mucho que significaba para él, para todos nosotros.

Luego ella apareció. Era una jodida heredera Steele. No se iba a ir a ninguna parte. Sabíamos cómo encontrarla. Demonios, era la jefa de Sutton por si fuera poco. Pero, aun así, él tenía miedo de ella, aunque no lo admitiría. O de él estando cerca de ella.

Habíamos estado con ella por dos días. Montando caballos, saliendo a dar paseos caminando. Hablando. Follando. Montones de folladas. Pero cuando era hora de dormir, Sutton la besaba en la frente y salía por la puerta. Como Cricket no era una idiota, sabía que eso no era normal.

Ella había sido capaz de sacarle sonrisas a Sutton. Hacerlo reír. Demonios, él había sido espontáneo y optimista. Había sido el hombre que ella quería. En control, dominante y cariñoso. Un minuto era dulce y amable y al otro, oscuro e intenso, especialmente cuando ella estaba sometiéndose de rodillas. Ella floreció bajo su mando y él se reveló en una mujer que necesitaba su poder. Cricket sabía que Sutton estaba perdido y que era por ella. Ningún hombre que tuviera las pelotas intactas —o que estuviera en sus cabales— se alejaría de Cricket cuando podía tenerla en la cama toda la noche enrollada y desnuda en sus brazos.

Excepto Sutton. Sabía que sus pelotas estaban intactas, pero todavía no sabía si estaba en sus cabales. Pero él no iba a decirlo. Así que mis pensamientos se quedaron en un maldito círculo porque, mientras que nosotros teníamos a Cricket ahora, Sutton era el que nos había reunido a todos y era el único que iba a guiarla.

Cuando Sutton la besó en la frente anoche y salió por la puerta como lo había hecho cada noche desde que ella había aparecido, Cricket lloró. Fui hacia ella, la llevé a mis brazos y miré a Lee. Él se veía tan molesto como yo me sentía. El maldito la había hecho *llorar*.

Eso no estaba permitido. Esta mujer suave, cariñosa y perfecta estaba molesta por Sutton. Le besé la frente mientras nos quedamos de pie en la cocina.

"¿Quieres que vaya y lo golpee?", pregunté, acariciándole la espalda con mi mano hacia arriba y hacia abajo.

"Yo lo haré", añadió Lee apretando los nudillos.

Sopló una risa contra mi pecho, usó mi camisa para limpiarse las mejillas. "No, estoy bien. Es solo que no entiendo".

"Nosotros no podemos decirte qué está pensando en ese cráneo grueso que tiene, cariño", le dijo Lee. "Tiene que hacerlo él".

Ella asintió. "Tienes razón, pero aun así duele. Es como si fuera el Dr. Jekyll y el Sr. Hyde. Es perfecto todo el día y entonces… puf".

"Dile eso. Olvídate de Sutton por ahora. La versión que a todos nos gusta volverá en la mañana. Mientras tanto, tienes a dos vaqueros grandes y musculosos listos para hacer realidad todos tus sueños", le dije.

Vio la sonrisa en mi rostro y la respaldé con un guiño.

"*¿Todos* mis sueños?", preguntó ella, con su expresión suavizándose. Sus manos aflojaron el agarre en mi camisa y podía decir que se estaba sintiendo mejor.

"Todos tus sueños *sexuales*", aclaró Lee, acariciando su mejilla con un dedo.

Ella se mordió el labio y levantó la mirada hacia él a través de sus pestañas.

"Oh, cariño, me gustaría poder ser capaz de leerte la mente justo ahora", añadió él.

"Cuéntanos", la impulsé.

"Bueno...", comenzó. "Yo... um, yo creo...".

Levanté su barbilla para que me mirara a los ojos. Estaba duro con solo saber que ella estaba pensando en sus fantasías más oscuras. Estaban ahí, ella solo tenía que decirlas. La complaceríamos en cada una de ellas. "Cuéntanos".

Cuando se quedó callada, tomé su mano y la deslicé por delante de mis pantalones, la dejé sentir mi pene a través de la tela. "Eso es por tu respiración".

Lee tomó su otra mano, hizo lo mismo sobre su pene. "Dos penes, cariño. ¿Qué quieres hacer con ellos?".

"Tus esposas", murmuró ella.

Mis cejas se levantaron. *¿Esposas?* Maldición, sí.

"¿Te has portado mal?", preguntó Lee, moviendo su mano para agarrar su cintura. Yo tomé la otra.

Una sonrisa se levantó de la comisura de su boca. "Sí".

Santo cielo.

"¿Usualmente qué haces con las chicas malas, oficial?", me preguntó Lee.

Nuestra mujer quería jugar a los roles y Lee parecía tener un don para eso. Para mí estaba bien.

"Primero ella necesita ser registrada".

Dejé caer su mano, pero no antes de que sintiera la forma en que mi pene había crecido largo y grueso debajo de mi muslo.

"Mis esposas están en mi camioneta. Tú revísala y yo iré a buscarlas", dije a Lee. "No queremos que ella se escape".

Observé a Lee voltearla para que quedara contra el mostrador, puso sus manos sobre el granito, luego gentilmente separó sus piernas. Él se movió lentamente, la miraba para asegurarse de que ella estaba justo ahí con él. Cuando se mordió el labio y asintió ligeramente, sus manos se movieron sobre su trasero, lenta y completamente inapropiado. Cubrir un seno y deslizar una mano sobre su vagina cubierta por el pantalón, definitivamente, no estaba en el manual de procedimiento operativo estándar de un oficial.

Corrí hacia afuera —lo mejor que pude con una viga de acero en mis pantalones— y agarré mis esposas de la guantera de mi camioneta. Cuando regresé, la camisa y el sujetador de Cricket estaban en el suelo y estaba desnuda de la cintura para arriba; sus pantalones, desabotonados. Podía ver la parte superior de lencería roja de su braguita. Sus senos hermosos estaban afuera y sus pezones duros.

"Ella ha sido muy mala", dijo Lee agachado detrás de ella. "Escondiendo estas hermosas braguitas todo el día".

Cuando fui con ella a su apartamento y llenó una maleta de ropa, una braguita no era lo que había imaginado.

Él le bajó los pantalones por las caderas exponiendo la forma en que su lencería se deslizaba y desaparecía dentro de la línea de su trasero. Cuando la palma de Lee le dio una nalgada ligera, su piel pálida se tornó de una sombra rosada instantáneamente.

Lee me miró, sonrió. "Ella necesitaba una revisión desnuda".

Levanté una ceja y ella me miró toda caliente y molesta.

Se mordió el labio y sacó sus caderas. Sí, estaba totalmente con nosotros en esto.

Levanté las esposas y quedaron colgando de mi dedo. Iba a ser una noche larga y salvaje.

Y Sutton sería condenado.

13

 RICKET

"Ey, cariño", dijo Sutton. Él se acercó a mí, bajó su barbilla para poder mirarme a los ojos. "¿Qué estás haciendo aquí?".

La sorpresa en sus ojos se convirtió en felicidad evidente, al menos de su parte, con las comisuras de su boca levantándose. Vestía su uniforme usual de pantalones bien gastados y botas de cuero, mas hoy llevaba una camiseta gris con un logo, de un bar local, en el pecho.

Estábamos en el establo, el olor penetrante a animales y cuero mezclado con la brisa fría de la mañana pasaba, a través de las puertas abiertas, a cada lado del establecimiento. Sutton y los otros probablemente habían estado aquí por cuatro horas en la mañana trabajando en los quehaceres necesarios para mantener a los caballos vivos y felices.

No estábamos solos. Otros tantos trabajadores estaban cerca, limpiando las caballerizas, recogiendo el heno. Patrick, si recordaba correctamente su nombre, estaba sacando a un caballo para pasear un rato en el pasto de atrás. Eso era lo que suponía en vista del hecho de que el animal no tenía silla de montar, solo una correa.

"Hola", respondí.

Archer tuvo que trabajar y había salido antes del amanecer para irse a casa y prepararse para su turno. Lee se iba a ir a un rodeo en Buffalo, Wyoming, así que ya nos habíamos despedido. Me calenté pensando en cómo nos habíamos despedido... en las escaleras. Esta era la primera vez que veía a Sutton mientras trabajaba, pero quería que supiera que me iba a ir del rancho durante el día. Yo había crecido en Montana, sabía que era importante dejar que los otros supieran a dónde te dirigías, incluso en el verano cuando las posibilidades de que hubiese una tormenta de nieve eran nulas.

Ahora que estaba en frente de él, no estaba segura de mí misma, lo cual odiaba. Nunca hubiera querido jugar cartas con él; sus expresiones siempre estaban bien reservadas. Eso me ponía nerviosa. A pesar de que era honesto con sus acciones todo el tiempo, aunque fuesen reservadas, sentía como si conociera su corazón. Sin embargo, cuando me dejaba cada noche, me hacía dudar.

"Anoche te extrañé", admití.

Apoyó su horca contra el costado del establo. "Tuviste a Archer y a Lee para que te mantuvieran caliente. Por la forma en que luces, te cuidaron bien".

No estaba segura de cómo sabía él que me habían dado un montón de orgasmos, que tenía quemaduras a los lados de mis muslos, un chupón en mi seno derecho. Mi atuendo de pantalones y blusa sin mangas no mostraba eso. Quizás uno de los chicos se lo había dicho, pero no lo creía. Éramos abiertos el uno con el otro con lo que hacíamos, pero Sutton se lo había perdido. Si quería saber cómo me habían tomado, cuántas veces me vine, pudo haberse quedado y me daba los orgasmos él mismo.

"La palabra clave en esa oración eres *tú*. Te extrañé a *ti* anoche", aclaré.

Su sonrisa se cayó, sus ojos se estrecharon. Si estaba incómodo, no lo mostraba. Era realmente bueno escondiendo las emociones.

Puse la mano sobre la barandilla, ladeé la cabeza. Me había hecho una trenza en el cabello y se deslizaba por toda mi espalda. "¿Por qué no te quedaste conmigo?".

Dio un paso atrás. "Es mejor así".

"¿Mejor para quién?".

Patrick pasó cerca de nosotros, levantó su sombrero hacia mí. Le di una sonrisa, luego me volví hacia Sutton.

"Para ti".

"¿Por qué?".

"Es solo eso. Me tienes todo el día a mí, y a Lee y a Archer los tienes para que estén contigo por las noches. ¿Qué más podrías querer?".

Que me cuentes tus secretos.

No tenía que ser así. Este no era el lugar. No estábamos realmente solos y si quería que él se abriera, el establo no era el lugar donde iba a hacerlo. Si no me lo decía en la privacidad de una cama, entonces un establo de caballos no iba a funcionar.

"Voy a ir a mi apartamento".

Sus ojos se ensancharon.

"Solo vine a despedirme".

"¿Te vas? Pero pensé...". Cerró los ojos por un segundo, los abrió otra vez. Apretó la mandíbula.

Cuando pensé que él no tenía emociones hacía unos segundos, me había equivocado. Ahora sus ojos estaban blancos. Completamente vacíos del calor, la necesidad, el anhelo y, quizás, el *amor* que me había mostrado. No había dicho la palabra con A, pero yo la había sentido. Aunque eso no era suficiente.

"Está bien".

¿Está bien?

Dios, me dolía el corazón por él. La forma en que me apartaba, la forma en que era capaz de cerrarse hasta conmigo.

Iba a ir a Missoula durante el día con Penny para buscar mi correo y revisar unas pocas cosas. Como ella era de Carolina del Norte y no conocía mucho del estado, quería echarle un vistazo a Missoula y yo iba a ser su guía turística. Pero nos íbamos por un día. *Un día.*

Sutton pensó, pensó que me iba. Para siempre. Que esta era yo diciendo adiós. Quería reírme, ponerle los ojos en blanco y decirle que, si me estuviese yendo, si estuviese rompiendo con él, diría más que *me voy a mi apartamento.* Pero el idiota estaba demasiado ciego, demasiado preparado para que yo me escapara para poder ver la verdad.

No lo iba a dejar claro. Quería que me detuviera, que tomara mi mano y me dijera que no lo hiciera. Que me dijera que no me fuera, que quería estar conmigo, de día *y* de noche. Que me dijera por qué me dejó y huyó evitando compartirme. Puede que también tuviese a Lee y a Archer, como él dijo, pero tener a tres hombres no significaba que Sutton solo tenía que darme parte de él. Aun así, él tenía que darme todo. Y no lo estaba haciendo.

Le ofrecí una pequeña sonrisa, di un paso atrás, mis pies se deslizaron sobre la tierra compacta. Luego otro: "Te veré… luego".

Mientras salía del establo, miré por encima de mi hombro, lo miré observándome, de brazos cruzados, con su mirada oscura. Callado.

SUTTON

"¿SIMPLEMENTE LA DEJASTE IR?", PREGUNTÉ EN EL SEGUNDO que llegué a la oficina de Archer.

Me miró desde su escritorio que estaba lleno de papeles. Había estado mirando la computadora fijamente, con la mano en el ratón antes de mirarme.

La puerta había hecho vibrar la pared cuando la abrí y él ni siquiera parpadeó. Ya había estado en la oficina del oficial. Una vez cuando era adolescente y fui capturado por beber siendo menor de edad en una fiesta de fogata y muchas veces más desde que Archer había tomado este trabajo. Mientras él vivía y trabajaba en el pueblo, yo me la pasaba en el rancho mayormente. Desde el rodeo del verano pasado y el fin de semana con Cricket, apenas había salido. Decir que había sido un maniático imbécil, probablemente, era una subestimación y cada uno de mis amigos me diría algo peor. No tenía ningún interés en irme, de hacer más nada. Yo trabajaba, trabajaba lo suficientemente duro para acostarme en la cama con las botas puestas y rezar para que no me despertara con una pesadilla.

"Ella quería irse", contestó Archer.

"¿Por qué demonios luces tan calmado con esto?", pregunté, entrando y tumbándome en la silla que estaba enfrente de su escritorio.

Los teléfonos sonaron desde afuera de la oficina, una radio policial chirriaba desde algún lugar del cinturón de Archer. Él la alcanzó y la silenció rápidamente. Volteándose, se recostó en su asiento, apoyó sus codos en los apoyabrazos y colocó sus dedos delante de él.

Estaba molesto. Realmente molesto. Cricket se había alejado de nosotros una vez y eso me había arruinado. Y ahora se había ido. Otra vez. Y a Archer parecía importarle una mierda.

"¿Por qué estás tan cabreado?", contestó él.

"Por qué...", suspiré, me llevé la mano a la parte posterior de mi cuello. "¿Por qué estoy tan cabreado? Pensé que *queríamos* a Cricket".

"Yo también".

"Entonces ¿por qué dejaste que nos abandonara?".

Los ojos de Archer se ensancharon lentamente, pero no dijo nada.

Me puse de pie, caminé por la pequeña habitación. Había una fotografía enmarcada de un paisaje en la pared, un mapa de la mitad occidental del estado colgado al lado de una ventana que se veía desde el estacionamiento. Las persianas blancas de metal estaban abiertas para dejar que entraran los rayos del sol. El establecimiento no tenía aire acondicionado y yo estaba sudando. No porque que estuviese caliente aquí, sino porque me estaba volviendo loco. No era un ataque de pánico —había tenido unos de esos desde que terminó mi servicio— y mi cuerpo estaba fuera de control.

"Cricket lo quiere todo".

Él estaba tan jodidamente calmado. Quería acercarme al otro lado del escritorio, agarrarlo y sacudir un poco de sentido hacia él.

"Ella lo tiene todo. Tres hombres que la han hecho el centro de su mundo".

"Dos", contestó él.

Di vueltas en círculos, lo miré. "¿De qué demonios estás hablando?".

"Lee y yo, definitivamente, la hemos hecho el centro de nuestro mundo. Ella lo sabe. Pero ¿tú? Eres un amante de medio tiempo. Nada más".

"Eso no es cierto", espeté, señalándolo con el dedo.

Él se encogió de hombros, fue hacia el escritorio y cerró

la puerta. Sabía que había alzado la voz, pero no me importaba una mierda. Parecía que a él sí.

Volteándose para mirarme, se puso las manos en las caderas. "¿Por qué demonios te vas en las noches?".

Cerré los ojos, desplomé los hombros y dejé caer mi cabeza como si pesara una tonelada.

"¿Es por tus pesadillas?".

Miré a Archer. Seguía tan frío como un maldito pepinillo. No estaba evitando juzgarme, no le importaba una mierda que yo estuviese roto.

"Por supuesto. No puedo dejar que se despierte así. Viéndome en ese estado".

"¿Por qué no?".

El dolor me atravesó más afilado que cualquier bala de un rifle insurgente.

"Esa noche en Poulson, la primera noche...", aclaré. "Nos quedamos dormidos y tuve una pesadilla. No recuerdo exactamente qué estaba soñando, pero ella me despertó. Me estaba empujando, prácticamente golpeándome el pecho, golpeándolo para tener mi atención. Para sacarme de esto. Cuando me desperté finalmente estaba sosteniendo su muñeca. Fuerte. La había agarrado en mi pesadilla y no la dejaba ir".

Sus ojos se estrecharon. "La lastimaste".

Asentí una vez. "Solo por el agarre. Nada más. Pero tenía moretones. Puede que ella se lo haya tomado con calma, no le importó, estaba más preocupada por mí que por su propia seguridad".

El rostro de Archer se suavizó. "Esa es nuestra chica".

No sonreí, pero estaba de acuerdo con él. Ella tenía un corazón demasiado bueno. "Es mi trabajo preocuparme por su seguridad. Tenía que protegerla. Incluso de mí".

"Por eso es que me llamaste a mí y a Lee para que nos uniéramos".

Me encogí de hombros, recordando la conversación que habíamos tenido Cricket y yo. Nos habíamos reído y habíamos admitido algunas de nuestras verdades más pervertidas. Ella se había dado cuenta de cuánto me gustaba dominar y yo había descubierto que ella siempre había querido dormir con más de un chico. Al mismo tiempo.

"Yo nunca antes había compartido, pero si eso era lo que ella quería, mi trabajo como su amante era satisfacerla. Y esto también aseguraba que yo no estaría solo con ella si me quedaba dormido".

"Te has estado yendo por su propia protección".

Asentí una vez.

Él suspiró. "Mierda. ¿No crees que ella tiene derecho a saber, a tomar la decisión por ella misma?".

Sonó un golpe en la puerta. Archer se volteó, la abrió y asomó la cabeza. Alguien habló, pero no pude escuchar más que un murmullo. No estaba prestando atención, en vez de eso estaba pensando en Cricket, sobre cómo la había dejado colgada.

"Ya voy para allá", le dijo Archer al chico, luego cerró la puerta otra vez. "Amigo, ella no nos dejó. Se fue a Missoula por hoy. Penny está con ella".

Mi cabeza se levantó, miré a Archer a los ojos. "Ella no…".

"Demonios, no. ¿Crees que la dejaría ir sin pelear? ¿Que estaría aquí en vez de ir detrás de ella? ¿Que Lee se hubiese ido a Buffalo silbándole a Dixie?".

La boca se me había abierto y la cerré de golpe. "Pero ella dijo…, mierda, dijo que se iba de vuelta a su apartamento. Simplemente asumí que había terminado conmigo".

La presión que había estado alrededor de mi corazón desapareció.

"Tienes que sacar tu cabeza de tu trasero. Ahora. La perderás si no lo haces. Ella quiere todo de ti. Lo bueno y lo malo. Se lo merece. Puede que ella necesite tu protección, pero ¿no has considerado la posibilidad de que ella puede ser la única en salvarte a ti?".

"Mierda. ¡Mierda!". Me llevé una mano por el cuello otra vez.

"Ve a Missoula. Dile la verdad. Todo sobre esto. Y tráela de vuelta".

Sí, eso es lo que haría. Había sido un idiota y un imbécil. Cricket no era débil. Era fuerte. Ella podía manejar esto. Manejarme a mí. Y si yo arruinaba algo, Archer y Lee estarían ahí para enderezarme.

14

"Jamison duerme de espalda y, prácticamente, le gusta que me acueste encima de él, como si yo pudiese ser su cobija", dijo Penny mientras caminábamos por todo el estacionamiento del complejo de mi apartamento. "A Boone le gusta abrazarme porque duerme de lado. Tengo los brazos y las piernas enrolladas alrededor de él toda la noche".

Ella no se estaba quejando. No, la sonrisa en su rostro probaba que le gustaba esa situación. Tener a dos hombres que querían abrazarla toda la noche no era una crisis. Yo me sentía igual, me gustaba ser abrazada mientras dormía, pero me faltaba algo. *Alguien*. Sutton.

"Pero tú tienes tres. No tengo idea de cómo haces que funcione". Puede que ella haya estado leyéndome la mente. Hizo una pausa, luego volteó y me miró. "Yo solo he compartido la cama con un hombre —con dos hombres— por menos de dos meses. No soy experta".

Eso es cierto, ella había dicho que era virgen antes de conocer a Jamison y a Boone. Ella, definitivamente, había recuperado el tiempo perdido con esos dos.

"Es complicado", contesté, tratando de dar la respuesta más neutral posible. No iba a decirle lo que estaba pasando —o no estaba pasando— con Sutton. Puede que fuese mi hermana y esto fuese lo que hacían las hermanas, pero yo no tenía idea. Nunca antes había tenido ninguna familia. Me gustaba Penny. Me gustaba bastante y estaba feliz de que estuviese en mi vida ahora, pero parecía que estaba traicionando la relación con mis hombres al contar nuestros problemas.

De seguro que la relación de Penny no era toda arcoíris y unicornios. ¿Lo era? "¿Cuál es tu queja más grande con tus hombres?", pregunté, dirigiendo el camino a mi edificio. No era el lugar más lujoso. Tres pisos, de ladrillo, escaleras centrales. Cada apartamento tenía un balcón y unos pocos habitantes tenían plantas en macetas colgando. Pero este era un vecindario de la clase obrera y no todos tenían dinero extra para algo frívolo que se iba a morir con la primera nevada.

"Extraño los pijamas".

Dejé de caminar y me quedé mirándola. Ella hablaba en serio. Empecé a reír. "¿Extrañas los pijamas? ¿*Esa* es tu queja con tus hombres?".

Se encogió de hombros. "Todavía no me acostumbro a estar toda la noche desnuda. Los pijamas son cómodos. Y por el asunto del no pijama, ahora estoy embarazada y vomito todas las mañanas. Odio vomitar".

Empecé a reírme otra vez. Después de un minuto o dos ella se unió a mí. "Escuché que hay algo que se llama cerebro embarazado. Creo que lo tengo. Sueno como una idiota". Se metió el cabello rubio detrás de las orejas. "Odio a Kady. Ella no ha vomitado ni una vez y luce como si hubiese sido golpeada por una bomba de polvo brillante. Me refiero a que ella brilla".

Kady sí que lucía demasiado feliz y ¿cómo era que siempre lucía tan perfecta? Hoy llevaba mis pantalones usuales, pero me había puesto una camiseta sin mangas por el calor, no tenía maquillaje y mi cabello estaba amarrado en una cola de caballo. Penny no lucía como si la muerte la hubiese perseguido como ella sugería. Ella era bajita, rubia y hermosa, aunque definitivamente era de más bajo mantenimiento que Kady.

"¿Lo ves? *Sí* que sueno como una idiota".

"No. Suenas como que estás enamorada", contesté.

Ella sonrió, brillantemente, y se puso una mano sobre su abdomen plano. "Lo estoy".

"Ven, busquemos mi correo, recojamos unas pocas cosas y después te llevaré a mi lugar favorito para almorzar. ¿Crees que puedas aguantarlo?".

Ella asintió. "Absolutamente. Solo vomito antes de las ocho".

No me reí de su precisión porque era una científica, incluso cuando no estaba trabajando como una. Obviamente había reunido información sobre sus vómitos y había llegado a la conclusión de que solo se enfermaría antes de una determinada hora y eso no cambiaría. Yo no sabía nada de bebés o de niños pequeños, pero sabía que no eran predecibles. Ella estaba lista para hacer esto si pensaba que podía controlar lo que pasaba durante su embarazo y después.

Subimos al segundo piso y por el pasillo fuimos hacia mi apartamento. El mío quedaba hacia la parte de atrás, del lado del estacionamiento trasero y de la parte trasera de la tienda. La vista de mi balcón no era una playa.

Puse la llave en la cerradura, la giré, pero no escuché el chasquido voltearse. Fruncí el ceño, agarré la manija y la giré.

Estaba abierta. ¿Se me había olvidado cerrarla después de que Archer me trajera para agarrar algunas de mis cosas hacía unos días?

Empujé la puerta, pero no entré.

Mi apartamento lucía... habitado, y no por mí. Había ropa tirada en el piso y el hedor a humo de cigarro rancio me golpeó. Sí, este era mi apartamento.

Penny me miró, su nariz se arrugó. "Um...".

Mi frecuencia cardíaca se duplicó y no supe qué pensar. Violada. Asustada. Confundida. Sonó el inodoro y Penny y yo nos quedamos mirándonos. Mi cabeza dio un vuelco cuando salió un hombre de mi baño —no había cerrado la puerta— abrochándose los pantalones, con un periódico metido debajo de su brazo.

"¡Tú!", dijo él. "Enfermera Ratchet".

"Santo cielo", susurré. "Rocky".

"Cricket", dijo Penny, su voz era una mezcla de miedo y advertencia.

Puse mi mano afuera deteniendo el movimiento, aunque no me importó cubrir un seno de Penny. No quería que entrara. No es como si hubiese hecho un movimiento para hacerlo. "Regresa al coche". Mis llaves estaban presionadas contra sus costillas. "Ahora".

"No puedo dejarte aquí con él", dijo rápidamente.

Era Rocky del club desnudista.

"Y tú no te puedes quedar", contesté. "Toma ese bebé tuyo y ve al coche. Yo estaré bien".

No estaba segura de eso, pero no iba a correr ningún riesgo con Penny. Rocky era mi problema y ella y su bebé no se iban a meter en el medio de esto.

Ella me dejó, aunque de mala gana, y corrió por el pasillo hacia las escaleras. Bien. Suspiré un poco, contenta de que estaba a salvo.

"¿Qué estás haciendo en mi apartamento?".

"Viviendo aquí. Esperándote".

"Pensé que estabas en la cárcel".

Él se acercó, dejó caer el periódico al piso. "Vamos a hablar un poco, compañera de piso".

De ninguna maldita manera. Recordé que tenía gas lacrimógeno en la cartera, la usual que cargaba y que me colgaba de medio lado en el hombro. Había tenido el gas por años y esta era la primera vez que lo necesitaba. Estaba un poco sorprendida de que tenía la mente lo suficientemente clara para pensar en eso. No lo iba a agarrar ahora. No estaba lo suficientemente cerca para echárselo. Pero no iba a entrar a mi apartamento para ponerme más cerca. Entrar significaba que pasarían cosas malas. Yo no era estúpida.

"De ninguna manera. Tú debes estar en la cárcel".

Él sonrió, negó con la cabeza. "Ellos arrestaron a Schmidt y a Ricky. No a mí".

Ricky. Rocky. Dios, ¿la policía arrestó al tipo equivocado? Probablemente no. No tenía duda de que Ricky, quienquiera que fuera, tenía que ver con Schmidt, también merecía estar en la cárcel. Había leído el papeleo de la policía cuando había ido a dar mi declaración. Archer incluso me había dicho los nombres de los hombres que habían sido arrestados. Solo que nunca me imaginé que cometerían un error.

"Me fui del pueblo por un par de días y regresé para descubrir que mis amigos habían sido arrestados. Supuse que Ricky no dejaría de lloriquear hasta que los policías descubrieran que habían agarrado al tipo equivocado y vendrían a buscarme a mí. Desde entonces, he estado buscándote". Él sonrió. "Gracias a ti no puedo ir a mi casa, así que me di cuenta de que esta era la forma más fácil de resolver los dos problemas. Funcionó porque estás aquí, solo que le tomó demasiado tiempo llegar aquí a tu delgado trasero. No tienes nada de comida en tu refrigerador".

"Aquí estoy".

"Es hora de tener esa fiesta de la que te hablé". Él sonrió y su mirada me recorrió el cuerpo, justo como lo había hecho en ese pequeño vestidor en la parte de atrás del club desnudista. "No necesitas ningún uniforme de enfermera, mejillas dulces. Que estés desnuda y de rodillas está bien para mí".

La bilis me llegó a la garganta al pensar en ello. Había chupado felizmente los penes de mis hombres, pero esto era asqueroso. Rocky era asqueroso.

"De ninguna manera".

Él era más grande que yo. Malvado. No tenía nada de consciencia. Aterrador. Peligroso.

"Como si tuvieses alguna otra opción". Como su cinturón todavía estaba abierto después de estar en el baño, tiró de la hebilla y escuché el cuero deslizarse mientras pasaba por las presillas mientras se lo sacaba. "No te vas a salir por una ventana esta vez".

El cinturón se cayó al suelo mientras daba un paso hacia mí. Tenía razón, me había escapado antes. Él no iba a dejar que pasara dos veces.

Busqué dentro de mi cartera, agarré el gas, lo saqué y, cuando se acercó lo suficiente, lo rocié.

SUTTON

"¿Dónde demonios estás?", gruñó Archer. Su llamada llegó al tablero de mi camioneta y su voz inundó la cabina.

Después de que dejé la oficina del alguacil, me paré a tomar café en la estación de gasolina, luego seguí mi camino. Con la carretera bastante recta y ancha —con el clima cálido, podía ver por veinte millas o más— me pasé el camino pensando en lo cabrón que era. Y esperaba que a Cricket le gustaran los cabrones. No, esperaba que los amara. No a todos los cabrones. Solo a uno. A mí. Lo había arruinado. Podía arruinarlo otra vez. Solo tenía que esperar que valiera la pena.

"A diez minutos fuera de Missoula. EL GPS me está diciendo que su casa no está muy lejos. ¿Por qué?".

"Porque Penny me llamó y había un hombre en el apartamento de Cricket. Viviendo ahí aparentemente. Esperando a Cricket".

Mi pie pisó el acelerador hacia el piso, el motor de la camioneta resonó mientras lo empujaba pasadas las noventa. Agarré el volante tan fuerte que habría abolladuras.

"¿Viviendo ahí? Ella no dijo nada sobre un compañero de piso. ¿Qué demonios?".

"No un compañero de piso". Archer no se inmutó por mi arrebato. "Aparentemente arrestamos al tipo equivocado. Penny dijo que Cricket lo llamó Rocky".

Arrestamos al tipo equivocado.

"Tú arrestaste a dos hombres", confirmé.

"Schmidt, el dueño del club. Él es el único al que le pidió el préstamo, el que la estaba forzándola a desnudarse para que pagara los intereses extra. También arrestamos a un tipo llamado Richard Blade, su mano derecha".

"Cricket dijo que los dos hombres que la molestaron eran Schmidt y Rocky. ¿Asumo que el sobrenombre de Richard no es Rocky?".

Escuché un ruido grande, como si Archer hubiese volteado el escritorio, lanzara una silla contra la pared o algo similar. Sí, conocía el sentimiento, pero manejando, no tenía ningún alivio para mis frustraciones. "Parece que no. Necesito que vayas para allá. Ahora".

Escuché el pánico en su voz, sabía que se sentía como yo. Impotente, fuera de control. Demasiado lejos.

"¿La policía viene en camino?". Pasé al lado de una minivan con una placa de Dakota del Sur.

"Sí. Penny los llamó a ellos primero".

"Espera, Penny está con Cricket. Dios, eso no es bueno".

Penny estaba embarazada. Estaba asustado por Cricket y Penny, pero ¿un bebé? Si esto salía bien —no, no *si*, cuando lo supieran— Jamison y Boone no la iban a dejar salir de su granja y si lo intentaba, la amarrarían a la cama. No estaba seguro de si ellos estaban con restricciones y esas mierdas, pero lo estarían dentro de poco.

"No lo está".

Exhalé. Gracias al cielo. Pero eso significaba…

"Cricket hizo que se fuera. Supongo que Cricket le lanzó las llaves de su coche y le dijo que se marchara para mantener a salvo al bebé".

"Entonces, ¿dónde demonios está Penny?".

"En el coche de Cricket. Esperando. Está hablando por teléfono con Jamison y él la está manteniendo calmada. Voy a dejar la estación ahora y estoy a noventa minutos detrás de ti. Llamé a Lee, pero está en Buffalo y volviéndose loco".

Buffalo estaba en la mitad de Wyoming, a unas cinco o seis horas de Missoula.

Nuestra mujer estaba siendo confrontada por un imbécil que la había amenazado con violarla. Ella se había escapado de él en el club desnudista. Esta vez no iba a ser así. Él estaba enojado con ella. No enojado. Obsesionado. Conociendo a la clase de hombres que dirigían lugares de mierda como el club desnudista, ellos eran imbéciles misóginos creyendo que una mujer solo era tan buena según como lucía en cubre pezones o según lo habilidosa que era de rodillas. Cricket lo había pateado en las supuestas pelotas, y a pesar de que me hacía jodidamente orgulloso que se había cuidado a sí misma, ahora estaba asustado por ella.

"Aunque arrestaron a otro imbécil, él todavía se estaba

escondiendo de la policía. Y en el único lugar donde no lo buscarían", le dije. "No va a dejar ir a Cricket".

Archer no respondió. No había nada que pudiera decir porque tenía razón.

"Te llamaré cuando llegue allá".

Le colgué y me concentré en manejar. Una vez que alcancé la rampa de salida tuve que bajar la velocidad. Finalmente... finalmente, me paré en su estacionamiento. Había tres coches de policía estacionados con las sirenas encendidas. Golpeé los frenos, puse la camioneta en un espacio y salté hacia afuera, sin importarme que la dejé atravesada en la mitad del estacionamiento. Corrí hacia ellos, pero bajé la velocidad, no quería que me disparara el gatillo de un policía.

Ahí de pie con dos oficiales estaban Penny y Cricket. Completas.

Exhalé y el corazón me volvió al pecho. Los sentimientos de pánico que había aminorado, pero no me había calmado. Mi teléfono sonó en el bolsillo. "¿Sí?", dije cuando me lo puse en el oído.

"Penny dice que tienen al tipo arrestado y de camino al hospital. Cricket le arrojó gas lacrimógeno, luego le dio en las pelotas con la rodilla. Cricket está bien". La voz de Archer estaba llena de alivio, pero dudaba que estaría completamente calmado hasta que viera a Cricket por él mismo.

"La veo. Está con la policía". Le colgué y fui hacia ella. Su rostro estaba pálido, sus ojos ensanchados y a pesar de que no estaba en pánico, tenía la mirada de alguien que venía de una guerra.

Cuando me vio, prácticamente se marchitó. Caminó alrededor del oficial y directo a mis brazos. La abracé hacia mí, inhalé su aroma, besé la parte de arriba de su cabeza. Espié a Penny y estaba sonriendo, me dio un pulgar hacia arriba tranquilizador. La observé llevarse el teléfono de vuelta al oído. No tenía duda de que estaba con Jamison o con Boone ahí.

Se acercó uno de los oficiales y lo llamé. "Esa mujer, Penny, está embarazada". Levanté la barbilla en dirección a ella. "Debería estar sentada en algún sitio lejos del sol. Consíguele un poco de agua".

El chico asintió. "Ya me pongo en eso".

Teniéndola a quince pies de distancia y con los oficiales al lado de ella, sabía que Penny estaba a salvo, sabía que este chico la atendería. Podía concentrarme en Cricket.

Sus manos fueron a mi camisa, se enredaron en ella y se acurrucó ahí por una eternidad. No me importaba. No quería que se fuera nunca. Empezó a llorar, y sentí la vibración de sus sollozos en su espalda a través de mis manos.

Mierda. Maldición. Odiaba cuando lloraba, pero esto, necesitaba hacerlo, drenar el exceso de adrenalina, el miedo. Necesitaba hacerlo mientras supiera que estaba a salvo, que todo iba a estar bien. Era lo mismo para mí. Necesitaba abrazarla, sentirla, respirarla y saber que estaba bien para que yo también pudiese calmarme.

Maldición, casi la pierdo.

"Te amo", dije, agachándome para hablarle cerca del oído.

Ella retrocedió, levantó su barbilla para mirarme. Llena de lágrimas, limpié sus mejillas con mis pulgares.

"¿Qué?", preguntó ella.

"Te amo, Cricket. Discúlpame por ser tan imbécil dejándote por las noches. Lo hacía para protegerte porque te amo".

Se formó una pequeña V en su ceja. "¿Me dejas porque me amas?".

Le di una pequeña sonrisa, bajé la cabeza y le di un beso dulce. "Esa primera noche del verano pasado, en la habitación de hotel, tuve una pesadilla. Te lastimé. No te volveré a lastimar".

"No lo harás", contestó ella, parecía segura de que yo no lo haría.

Deslicé mis manos hacia arriba y hacia abajo de sus brazos. "Tú no sabes eso. Esto ha acabado conmigo desde ese entonces que te dejé moretones. Mierda, eres la única persona a la que quiero proteger más que a nada. Estoy roto, cariño".

Ella negó con la cabeza, se puso de puntillas, me besó y no fue un beso amable y dulce como el que yo le había dado.

"Eres un idiota grande y querible".

No estaba seguro de la parte de querible, pero lo primero encajaba.

"No puedes tomar esa decisión por mí", añadió ella.

Uno de los vehículos de la policía retrocedió y se fue. Hice un escaneo rápido a Penny, vi que estaba sentada en una silla reclinable que alguien había puesto en el área del césped en frente del edificio. Tenía una botella de agua en la mano y estaba situada en la sombra. Todavía seguía hablando por teléfono.

Miré a Cricket de nuevo. "No pondré tu seguridad en riesgo. Ese es un límite duro para mí. Yo tomo las decisiones si se trata de tu protección".

"Entonces digo *rojo*", contestó ella. "Cuando estamos durmiendo, no estamos jugando. Tomamos las decisiones juntos. Tú, yo, Archer y Lee. Todos nosotros. Los amo a los tres y dormiré con los tres, y me refiero a *dormir*. No seré estafada".

Sonreí entonces y me sentí... ligero. "¿Me amas?".

Ella asintió, las lágrimas corrieron por sus ojos otra vez. "Te amo, Sutton. Justo como eres tú. Y las pesadillas, trabajaremos en ellas. Iremos a terapia. Tendremos a Archer o a Lee en la cama con nosotros. Lo que sea, pero no dejaré que te alejes de mí, incluso si es emocionalmente".

Asentí una vez. "Lo entiendo".

"Bien".

Me sentí mejor que nunca. Por primera vez sentí esperanza. Y amor.

"Cuéntame lo que pasó", dije, cambiando de tema en el estacionamiento.

Ella negó con la cabeza. "Más tarde. Solo quiero que Penny y yo vayamos a casa".

A casa.

"¿Y dónde es eso?", pregunté, deslizando mi mano por su cabello.

"Donde quiera que estés. También Archer y Lee. Mientras estemos juntos, estoy en casa".

Jodidamente cierto.

15

EE

"¡Cricket!", grité, estallando hacia la puerta de enfrente de la casa principal. Había sido un camino largo desde Buffalo, aunque Archer me había mantenido actualizado y sabía que ambas, Cricket y Penny, estaban bien.

"Aquí arriba", dijo ella.

Miré hacia el techo, luego subí dos escalones a la vez. Ella me encontró a mitad del camino, lanzándose a mis brazos, enrollando sus piernas alrededor de mi cintura y besándome.

Gracias al cielo. Esto, justo así, era lo que estuve necesitando por las últimas diez horas. Cricket en mis brazos.

"Dios, mujer, me asustaste muchísimo". Levanté mi cabeza lo suficiente para decir eso, para respirar, con nuestros labios a un centímetro de distancia.

La cargué por el resto de las escaleras hacia el segundo piso. Cuando doblé la esquina vi a Sutton recostado en la puerta de una de las habitaciones. Tenía los pantalones puestos, pero no abrochados. No tenía puesto nada más. Seguido de él, estaba Archer en la cama; las sábanas, desordenadas.

Cricket tenía su ropa puesta y sentí algodón suave cuando agarré su trasero. Bajando la mirada, miré su barbilla, luego su camiseta blanca sin mangas y pantalones cortos de dormir azules. Su cabello estaba recogido en un bollo descuidado. Lucía perfecta.

"¿Ganaste?", preguntó ella, enganchando sus tobillos en mi espalda baja.

Sonreí. "Por supuesto que lo hice".

Ella sonrió de vuelta. "Por supuesto que lo hiciste", repitió ella. "Mi vaquero caliente".

"Ey", dijo Sutton, su tono se llenó de dolor fingido.

Cricket volteó su cabeza para mirar por encima de su hombro. "Tú también eres mi vaquero caliente".

"Pero justo aquí, contigo en mis brazos, esto es ganarlo todo", le dije. "No importa nada más. Te amo, cariño".

Las lágrimas llenaron sus ojos, pero parpadeó y sonrió brillantemente. "Yo también te amo".

Entonces la besé, larga y fuertemente; mi lengua encontró la suya.

"¿Estás bien?", le pregunté cuando finalmente levanté la cabeza, caminando hacia la habitación. Sutton dio un paso atrás para dejarnos pasar y se unió a nosotros. Yo le había robado el aliento y ella me había robado el corazón.

"Lo estoy. Ese hombre me asustó, pero usé el gas, lo golpeé en las pelotas y corrí. No entré al apartamento. Sabía que no debía. Penny llamó a la policía y ellos llegaron rápido".

Ese fue un resumen veloz de la situación, pero, por ahora, no necesitaba más que eso. Solo la quería a ella.

"¿Penny está bien?", pregunté solo para asegurarme.

Asintió. "Ella está bien. Creo que a Jamison y a Boone les tomará un día o dos recuperarse".

Apoyé mi frente contra la de ella, regocijado en la conexión, en la sensación de ella retorciéndose en mis brazos. "A mí también, cariño. A mí también".

"No le quedó ni un rasguño", dijo Sutton. "No te preocupes, nosotros lo verificamos".

Cricket puso los ojos en blanco y se sonrojó con un tono rosado bonito. Observé el color recorrer su cuello y la parte de arriba de sus senos hermosos que estaban sin sujetador debajo de la camiseta sin mangas. El color de sus pezones era visible y también lo era cada protuberancia alrededor de las puntas.

"¿No me esperaste?", pregunté.

Archer resopló desde la cama. "Sutton no esperó hasta la puerta de entrada para tomarla".

"Archer llegó, nos encontró", confirmó Sutton. Por la mirada de su rostro, no lucía arrepentido en lo más mínimo por eso.

"Tenía la camioneta abierta y a ella inclinada", añadió Archer. "La folló justo ahí".

Miré a Cricket, vi la mirada soñadora en su rostro. Sí, ella lo había deseado.

"No podía esperar un segundo más", replicó Sutton.

Entendía completamente. Ahora mismo me estaba muriendo por estar dentro de ella.

"La traje aquí arriba y a la ducha antes de tener mi turno", añadió Archer.

"Dos rapiditos, cariño", le dije a Cricket. "Te necesito. Maldición, necesito estar dentro de ti ahora que estás a salvo. ¿Estás lista para uno más?".

Asintió, se mordió el labio.

"Estábamos esperándote", me dijo ella, levantando su

mano para recorrer la parte de arriba de mi cabeza, deslizarla hacia mi cuello y colgarse. "Yo... los quiero a los tres. Juntos".

Mi mente se puso en blanco por un segundo porque toda la sangre se fue hacia el sur directo a mi pene. "¿Ju... juntos? ¿Así como *juntos*?".

Se rio, asintió.

"Mierda, me voy a venir con solo pensarlo. Eso va a tener que esperar. Tengo que estar dentro de ti. Rapidito. Ahora", dije, con mi mente borrosa por la necesidad, mi pene dirigía mis pensamientos.

"Sí. Ahora", agregó ella, sus manos se acercaron y trataron de abrir los botones de mi camisa.

Caminé hacia adelante hasta tenerla contra la pared; la presioné con mi cuerpo y sus piernas se agarraron a mi alrededor. Acerqué mi mano hacia abajo, abrí mis pantalones, dejé mi pene libre.

"Mierda. Demonios, cariño, no tengo condón".

Ella negó con la cabeza. "Estoy usando la píldora. No necesitas uno".

Me quedé inmóvil, mi mente se aclaró de alguna manera por lo que estaba diciendo ella. "Pensé que querías...".

"No estoy lista para un bebé. No por mucho tiempo. Pero estoy usando la píldora y Sutton me tomó sin condón antes de darse cuenta de eso. Como estoy controlada, no quiero que los condones o la falta de ellos nos detengan".

Escuché su jadeo detrás de mí. "Estaba pensando con la cabeza equivocada", dijo él.

"Está bien", continuó ella. "Solo quiero un compromiso, una relación para hacerlo sin uno".

Sonreí entonces. "Cariño, esta es una relación. ¿Y un compromiso? Demonios, estás atrapada con nosotros". Encontré el borde de sus pantalones pequeños para dormir y me metí dentro de ellos. Ella desenrolló sus piernas lo suficiente para que los bajara antes de que se enrollara a mi alrededor una vez más.

Sentí su destreza mientras mi pene se instalaba justo en su entrada como si supiera exactamente dónde ir. No esperé, no me contuve, solo agarré sus caderas y la presioné hacia abajo sobre mí. Estaba tan jodidamente resbaladiza. La sensación de tomarla sin condón era indescriptible. "Mierda, nunca había hecho esto. Nunca antes lo había hecho sin condón".

Empecé a moverme; sus talones se enterraron en mi trasero alentándome a que le diera más.

"Estás tan húmeda. ¿Es por el semen de Sutton y de Archer facilitándome el camino?".

Ella asintió, su cabeza se presionó contra la pared. "Sí".

Maldición, pensar en ella llena de nuestro semen hizo que mis pelotas se apretaran; la necesidad de acabar comenzó en la base de mi columna.

"Amo estar dentro de ti. Te amo, cariño. Voy a llenarte, a calmar esta necesidad y después te tomaremos juntos. Toda la maldita noche".

Sus dedos se clavaron en mis hombros mientras ella se retorcía. "Yo también te amo. Sí. ¡Más!".

Eso era justo lo que quería escuchar. Todo lo que siempre había querido estaba justo aquí en mis brazos.

ARCHER

Estaba contento de que ya había tomado a Cricket antes, porque observar a Lee follarla me puso duro otra vez. Verla tranquilizarlo de la forma más elemental posible fue algo increíble de mirar. Y escucharlos decirse que se amaban el uno al otro lo hizo todo más dulce. Me había tomado mi tiempo en la ducha —apenas— para lavar cada centímetro de ella, para asegurarme de que realmente no estaba herida. Ni siquiera un rasguño o un moretón del maldito.

Tan pronto como me aseguré de eso, la presioné contra la pared de la ducha y la tomé. Sin condón. Justo como lo había hecho Sutton y como ahora lo hacía Lee. No había nada más entre nosotros. Llegar a la casa y encontrar a Sutton follándola justo ahí eran todas las pruebas que necesitaba para saber que habían hablado, de que a pesar de que no se había curado de las pesadillas que lo atormentaban y que casi lo habían apartado de Cricket, ella sabía la verdad e iba a estar ahí para él.

Si alguien podía ayudarlo, esa era Cricket.

Cricket gritó de placer un segundo antes de que Lee se tensara y se viniera. Ellos permanecieron inmóviles, excepto por su respiración entrecortada por varios segundos antes de que Cricket bajara sus piernas y se pusiera de pie. Una vez que Lee supo que ella no se deslizaría por el suelo, dio un paso atrás.

Sutton tomó su mano, la guio a un lado de la cama, mientras Lee comenzó a quitarse la ropa. Había llegado el momento. Íbamos a reclamarla juntos. Yo era el hombre del trasero, la había tomado ahí antes y sabía cómo le gustaba. Tomaría ese agujero ajustado otra vez. Asumía que Lee tomaría su boca, Sutton su vagina, pero el momento lo diría. Y teníamos un montón de esto.

Habíamos forzado a Lee para que se quedara en su competencia de toros, que completara su montada antes de regresar. Asegurarle que Cricket estaba bien no fue suficiente. Él había tenido que hablar con ella personalmente antes de estar lo suficientemente satisfecho para terminar su trabajo. No tenía otra competencia por una semana. Después de que Sutton llamó y dijo que tenía a Cricket, yo pedí mis vacaciones. Y por Sutton no estaba preocupado. Jamison le daría todo el tiempo libre que necesitara. Necesitábamos estar con Cricket para asegurarnos de que aquello que habíamos construido hasta ahora se mantendría.

Yo estaba seguro de así sería, pero estábamos comprometidos y le daríamos tiempo. Empezando ahora.

Lee entró en el cuarto de baño y escuché la ducha abrirse.

Sin una palabra, Sutton le quitó su camiseta sin mangas para que quedara desnuda para nosotros. Observé mientras me desnudaba rápidamente, observé cómo la mano de Sutton cubría su vagina. "Amo sentir nuestro semen aquí. Amo saber que estás marcada. Eres nuestra, cariño".

Cricket asintió, sus ojos se cerraron mientras él jugaba suavemente con ella. Había tomado tres penes grandes y duros. Él tenía que ser amable. Retiró su mano lo suficiente para girarla y que me mirara, luego empezó a darle placer desde atrás.

Yo cubrí sus senos, jugué con ellos mientras escuché el agua apagarse. Ese había sido el baño más corto del mundo.

Inclinándome, la besé y Sutton y yo trabajamos en ella. No me tardé mucho; ella estaba bien preparada por nosotros tres.

Cuando Lee regresó, tomó el lugar de Sutton detrás de ella mientras Sutton se desvestía.

Levanté la cabeza, pregunté. "¿Estás lista?".

Ella asintió. "Los quiero a ustedes. A todos".

Sus mejillas se sonrojaron; sus pezones estaban tan rojos como sus labios, con las puntas apretadas. No podía evitar escuchar los sonidos húmedos de los dedos de Lee jugando con su vagina.

Sutton se movió a la parte inferior de la cama, permaneciendo en un ángulo donde su cabeza estaba por el borde izquierdo, sus rodillas dobladas y sus pies planos sobre el suelo. Su pene levantado estaba listo para Cricket. Torció sus dedos y ella se arrastró hacia la cama, luego sobre él, dándome a mí y a Lee una hermosa vista de su vagina cubierta de semen. Y no perdí de vista el otro agujero que sería mío pronto.

Fui hacia el lado de la mesa, abrí la gaveta y agarré el lubricante que había dejado ahí. Puede que su vagina estuviese chorreando, pero no tomaría su trasero sin toneladas de lubricación.

Sutton la tenía sentada en su regazo; su pene seguía enterrado profundamente dentro de ella antes de que siquiera abriera la tapa. Sus manos fueron a sus senos, los cubrió, sus dedos trabajaban en los pezones mientras ella se movía para él.

"Más", dijo ella mirándome.

Esa fue mi señal y yo no iba a esperar ni un segundo más. Todos la habíamos follado, incluso habíamos tenido un pene en su vagina y otro en su boca, pero nunca una penetración doble con su vagina y su trasero. Ni siquiera la primera noche que habíamos estado todos juntos en el verano pasado. Ella había tomado profundo mi pene en su trasero varias veces hasta ahora. Se había venido con ello, así que sabía que era algo que le gustaba. Tomar dos penes a la vez iba a ser diferente. Más. Y si esta era la última cosa que haría, lo haría bien para ella.

Derramé lubricante en mis dedos, empecé a colocárselo con cuidado, haciendo círculos en su agujero, presionando, abriendo hasta que tomó un dedo, luego dos, luego un tercero mientras Sutton continuaba follándola lentamente.

Cuando estuve seguro de que ella podía manejarlo, que sabía que su trasero estaba bien preparado, añadí una buena cantidad de lubricante en mi pene, lo puse bien pegajoso, luego me moví justo detrás de ella, me puse de pie entre las piernas abiertas de Sutton.

Cuidadosa y lentamente, me metí dentro de ella. Ella se

inclinó ligeramente hacia adelante, sus palmas planas quedaron sobre el pecho de Sutton. Su respiración estaba profunda y lenta mientras la abría más y más hasta que el glande de mi pene se introdujo.

Ella gimió, su cabeza cayó hacia atrás. Tan jodidamente ajustada.

Me incliné hacia adelante y la agarré por el hombro, la mantuve inmóvil y susurré: "Te amo".

Ella gimoteó mientras presioné adentro. "Yo también te amo".

"Es el turno de Lee, cariño. Los tres. Tú eres la única que nos une. La única que amaremos por siempre".

Ella gimió, se meneó, luego dijo: "Más".

Eso es cierto. Cricket era la única para nosotros, la única que nos daría todo y a la que le daríamos lo mismo de vuelta.

16

RICKET

Oh. Dios. Mío.

Esto era intenso. *Ellos* eran intensos. Tan desesperados. Tan necesitados. Tres vaqueros grandes y musculosos que habían necesitado asegurarse de que yo estaba bien después del incidente con Rocky. Había estado asustada. Dios, nunca había estado tan asustada en mi vida, pero se acabó rápidamente. El gas había hecho su trabajo y yo estuve tan exaltada que lo golpeé en las pelotas antes de, siquiera, darme cuenta de lo que había hecho. Luego corrí de vuelta hacia el coche, esperé con Penny con las puertas cerradas hasta que llegara la policía.

No obstante, cada uno de los chicos había estado aterrorizado hasta que tuvieron la oportunidad de abrazarme. Y la necesidad de follar, dios… no había tenido idea. Había deseado a Sutton con una desesperación que no había sentido nunca. Lo mismo pasó con Archer.

Tuve un orgasmo increíble con Sutton mientras me presionaba contra el asiento de su camioneta, pero había estado igual de necesitada por Archer. Y cuando Lee apareció, estuve igual de desesperada por él. Cada hombre me daba algo diferente. Ellos follaban diferente. Amaban lo diferente. *Necesitaban* lo diferente. Tener tres hombres no iba a ser fácil, pero no podía imaginarme estar sin uno de ellos.

Y ahora, los tenía a los tres dentro de mí. Lee había dado un paso a la esquina de la cama y todo lo que tuve que hacer fue voltear la cabeza para tomar su pene —duro a pesar de que acabábamos de follar— en mi boca. Sabía a puro Lee porque justo acababa de tomar un baño. Caliente y pesado, duro como una roca, grueso en mi boca y contra mi lengua.

Archer iba lento y suavemente mientras se introducía dentro de mí. Tan grande. Ser tomada por el trasero era más íntimo que otra cosa. Había incomodidad, pero el placer era oscuro. Intenso. ¿Y con Sutton en mi vagina al mismo tiempo? Ellos habían marcado un ritmo, alternando golpes adentro y afuera poniendo en llamas cada terminación nerviosa.

Gemí, con una de mis manos en las caderas de Lee; la otra, descansando sobre el pecho de Sutton. No podía hacer nada, no podía moverme, solo dejarlos que se movieran.

Esta era la última sumisión, entregarme a ellos para que hicieran lo que quisieran. Aun así, este era mi momento más poderoso. Ellos tenían razón, yo era la única que permitía esa unión. Una familia.

"Buena chica, cariño. Tan hermosa tomándonos a los tres. Si solo pudieras mirarte a ti misma. Tan fuerte, tan perfecta", canturreó Lee. Él continuó hablándome mientras movía sus caderas suavemente, meciéndose en mi boca.

No tuve aviso antes de que se viniera, solo una ligera presión de su mano en la parte posterior de mi cuello antes de que sintiera el pulso caliente de su semen en mi lengua.

Me lo tragué, una y otra vez hasta que se detuvo, luego se retiró.

Archer había dejado de moverse, pero una vez que Lee había terminado, empezó sus embestidas lentas otra vez. "Hora de que nos movamos, cariño. Vente para nosotros y luego te seguiremos".

Él y Sutton continuaron con su ritmo original, pero presionaron más fuerte, luego más profundo y, por último, más rápido.

No pude contenerme, ni siquiera si Sutton me ordenaba hacerlo. Él no lo haría, no ahora. Me encontré con sus ojos, mantuve la mirada mientras me tomaban, hasta que me vine en una prisa acalorada. Grité, mis dedos se adormecieron, cada hueso de mi cuerpo se disolvió, incluso mientras mis músculos seguían tensos. Fui capturada entre ellos, capturada en ellos.

Escuché el gemido de Archer, sentí su semen llenarme mientras se venía. Observé mientras Sutton se venía también, vi su mandíbula apretarse, su cuerpo tensarse.

Él gritó mi nombre mientras llenaba mi vagina con más semen aún.

Estaba lista. Arruinada para alguien más. No existía nadie más, sino ellos.

Archer se salió cuidadosamente, luego me levantó y me sacó de Sutton, me cargó hasta la cabecera de la cama, mientras Sutton se movía a mi lado. Archer se deslizó al otro lado y Lee se sentó en la cama, a mis pies.

"Apenas estamos comenzando", dijo Lee sonriendo.

"Tráiganme una bolsa de guisantes congelados, denme una hora y luego podemos hacerlo otra vez", les dije.

Sutton se quedó inmóvil a mi lado, luego comenzó a reírse. Apoyó su cabeza mirando hacia arriba con su mano y codo afuera. "Vas a tomarnos para una montada salvaje, ¿no?".

Me encogí de hombros. "Ustedes me amarraron".

Archer se inclinó hacia adelante, acarició las hebras de cabello que se habían salido de mi bollo. "Es cierto, lo hicimos. Y tú amarraste nuestros corazones".

Lo había hecho y nunca los iba a dejar ir.

CONTENIDO EXTRA

No te preocupes, ¡hay más del Rancho Steele por venir!

Pero ¿adivina qué? Tengo contenido extra para ti. Descubre cuál hija perdida llegará después…y un poco de amor extra de Lee, Archer y Sutton para Cricket. Así que regístrate en mi lista de correo electrónico. Habrá contenido extra especial para cada libro del Rancho Steele, solo para mis suscriptores. Registrarte te permitirá saber sobre mi próxima publicación tan pronto como esté disponible (y recibes un libro gratis… ¡uau!)

Como siempre… ¡gracias por amar mis libros y las montadas salvajes!

http://vanessavaleauthor.com/lista/

¿QUIERES MÁS?

¡La serie del Rancho Steele continua con *Enganchada*! ¡Lee el primer capítulo ahora!

WILDER

Montana en enero era jodidamente fría. Después de un día montando motos de nieve bajo el sol brillante, pero cerca de temperatura cero, se sentía bien estar sentado enfrente de una fogata, con un whisky en mano. Éramos amigos de Micah y Colt, los guías turísticos que nos habían llevado a pasar un día asombroso dentro del bosque nacional. No había nada como ver los espacios naturales sentado sobre doscientos caballos de fuerza, pero cuando regresamos al Desembarque de Hawk, donde nos estábamos hospedando el fin de semana con King, descubrimos que el espacio interior era igual de salvaje.

Un hombre en pantalones de cuero y suéter negro llevaba a una mujer con una correa. Ella vestía una falda roja de cuero del tamaño de una tirita y un corpiño negro que hacía que sus senos desafiaran la gravedad. Sí, una correa. Tenía un collar en el cuello y estaba contenta de seguir al hombre unos pasos detrás, con la mirada hacia abajo, mientras seguían su camino hacia el salón de conferencias del centro turístico, que había sido convertido en un calabozo para el encuentro de sadomasoquismo. Un grupo de la ciudad de Billings había rentado el complejo turístico durante el fin de semana —excepto por nuestras dos habitaciones—. Una dominadora, que llevaba botas negras con tacones de aguja y camisa de látex, tenía a un hombre arrastrándose detrás de sí en la misma dirección hacia el salón del complejo turístico. Afortunadamente para él, la chimenea de piedra de doble altura estaba encendida y el calor se había puesto un poco más intenso de lo usual, ya que él no traía nada puesto, sino una jaula de metal sobre su pene. La vista me tenía contrayéndome y moviéndome en el sofá de cuero. No me importaba tener una mujer jugando con mi pene o mis pelotas, pero me gustaría un contacto más cercano —y la posibilidad de venirme—.

Desafortunadamente, la única mujer que quería en cualquier lugar cerca de mi pene no sería capturada ni presa de fetichismo. No, ella era demasiado dulce, demasiado pura. Demasiado inocente para algo tan salvaje y perverso como lo que estaba pasando esta noche. Sarah Gandry era la mujer con la que me quería casar, no la mujer que follaría en un calabozo. Bueno, yo *quería* follarla básicamente en cualquier lado, pero resulta que no éramos compatibles. Al menos, eso era lo que ella pensaba. Yo la encontraba jodidamente inteligente, hermosa y perfecta. Oh, y la amaba.

Mierda, mi pene se movió dentro de mis pantalones con solo pensar en ella. Tenía el cabello negro, el cuerpo perfecto y estaba muy "follable". Nunca olvidé sus labios carnosos. Sí, podía ser que ella no tuviera mi pene bajo su dominio ni fuera a estar dirigiéndolo por años.

Y no solo a mí, ella también tenía a King obsesionado con

su vagina. Y eso que no habíamos llegado a ningún lugar cerca de esa vagina suya.

"Cuando escuché sobre el evento de sadomasoquismo de este fin de semana, lo iba a cancelar, pero pensamos que no te importaría que esto pasara", dijo Micah, recostándose hacia atrás en el sofá de cuero gigante, con sus pies sobre la mesita del centro y su trago de whisky reposando sobre su pecho. Él señaló con la cabeza hacia el evento fetichista que estaba aconteciendo en la habitación detrás de él; el golpeteo de una base profunda de unos clavos de nueve pulgadas se silenció. "A pesar de que ya no vives este estilo de vida, no te molestas por ello. No vas a decir una mierda de lo que ves".

King se encogió de hombros en la silla que estaba a mi lado, levantó su vaso en señal de salud. Los muebles estaban colocados en forma de U en frente de la fogata; Micah, de frente a esta directamente; nosotros perpendicularmente.

King sonrió. "¿Molestarme?". Demonios, no. Solo deseamos que nuestra chica estuviese en esto como nosotros, aunque ninguno de nosotros había estado en un evento como este desde hacía mucho tiempo. ¿Y por dejar que alguien mire? No me importa lo que hagan los otros, lo que sea que haga flotar su barco y todo eso. Pero si...".

"Cuando...", dije, cortándolo.

"...cuando" —se corrigió a sí mismo— "...tengamos a nuestra chica a nuestro lado, no la vamos a compartir con otros. Ni una parte de ella. Ni su hermoso cuerpo ni los sonidos que haga o cómo luzca cuando se viene".

"De ninguna maldita manera", añadí, cabreándome con solo pensar en algún bastardo mirando a Sarah así. "Nos pertenece a nosotros".

Sí, *nuestra* chica. King y yo habíamos sido mejores amigos desde el jardín de infancia y habíamos querido a Sarah por años, incluso antes de que, siquiera, fuera legal. La hemos vigilado por más tiempo que eso. Siendo seis años mayores, habíamos esperado nuestro tiempo —puede que fuésemos unos fetichistas, pero no fuimos por ella en ese momento— hasta que Sarah terminara la universidad y regresara a Barlow, para salir a una cita. Por separado, para no asustarla. Cenas, películas, bolos. Besos castos en la puerta de su casa.

Dios, fueron dulces, pero fue casi imposible no empujarla contra la puerta de entrada, forzar mis muslos entre sus piernas y sentir el calor de esa vagina, incluso a través de mis pantalones, mientras tomaba su boca en su beso reclamador. Eso era lo que quería hacer con ella: hundirme dentro de ella y perder la cabeza, hacer que ella perdiera la suya.

Pero ella no estaba interesada. No respondió al roce de mis labios contra su frente o por toda la comisura de su boca. Sin jadeo, sin apretones de dedos en mis bíceps. Sin levantar su rostro hacia el mío para más.

No, no estaba interesada en las atenciones tiernas que cualquiera de los dos le mostrábamos y, al final, nos desechó, uno detrás del otro. Extraño, porque estábamos seguros de que ella sentía algo por nosotros. Cada vez que nos acercábamos, el interés incendiaba sus ojos y sus mejillas se ponían rosadas. Y cuando la recogía en la puerta, estaba ansiosa, pero para el final de la cita, nada. King dijo que le había pasado lo mismo.

El rechazo nos había herido, y aún lo hacía. Era confuso porque, justo hasta que la llevaba a su puerta, habíamos pasado un buen rato. Estar con Sarah se sentía como estar en casa. Siempre era sencillo, sin silencios nerviosos. Nos conocíamos el uno al otro muy bien. Y aun así… nada de deseo. Nada de pasión como yo había esperado. Como King había esperado también. Sin embargo, eso no significaba que dejáramos de quererla. No, nosotros éramos hombres que obtenían lo que querían, y queríamos a Sarah. Solo teníamos que ser pacientes y pensar en nuestro próximo plan de conquista.

¿Quieres más?

Micah sonrió. "No sabía que tenían una chica. Felicidades".

La sonrisa de King desapareció. "No la tenemos", protestó él. "Bueno, la *tenemos*, pero ella no lo sabe todavía". Le dio un sorbo a su bebida. "Nosotros queremos una relación como la tuya".

"¿Qué?", Micah frunció el ceño, de repente se puso cauteloso. "¿Con una estrella de películas?".

"Maldición, Micah, nos conoces mejor que eso", le dije. Obviamente, él protegía a su esposa. "No nos importa una mierda que Lacey sea famosa. Nosotros queremos a una mujer para compartirla como lo hacen tú y Colt. Como Matt y Ethan también", añadí, refiriéndome a los dueños del complejo turístico. Los dos hombres también compartían a una mujer. Rachel.

"No solo cualquier mujer, nosotros queremos compartir a Sarah", aclaró King, levantando un dedo de un lado de su vaso y señalando. "Solo tenemos que descubrir cómo obtenerla".

Jodidamente cierto. Ahí había interés, incluso cuando se había negado a tener más citas. Sus ojos se iluminaban cuando me veía —y yo pasaba por la biblioteca por más que libros—, pero eso no la atraía para otra cita. No tenía sentido.

"Cuéntame sobre ella", dijo Micah, tomando un sorbo de su bebida. Su anillo de bodas de oro brillaba con la luz de la fogata y yo estaba envidioso como la mierda por ese simple signo externo de su compromiso con Lacey.

Me llevé una mano al rostro, dándome cuenta de que, probablemente, debí haberme afeitado porque mi sombra de barba de las cinco en punto ya se estaba convirtiendo en una completa barba. Habíamos regresado del paseo en las motos de nieve, nos habíamos bañado en nuestras habitaciones, nos comimos una gran comida en el restaurante y ahora nos estábamos relajando alrededor del fuego. Lo único mejor para esto hubiese sido si Sarah estuviera aquí con nosotros. Entre nosotros. *Debajo* de nosotros.

"Ella creció en Barlow con una madre loca y un medio hermano más joven. Cómo ella resultó normal, no tengo idea", le dije, preguntándome si su madre estaba con su tercer o cuarto esposo en este momento. Quizás, incluso, el quinto. Cambiaba de esposo tan rápido como la mayoría de las personas cambiaba el aceite de su auto. En vez de trabajar, se casaba con hombres ricos, se divorciaba de ellos para recibir una buena resolución y seguía adelante.

"Sarah fue a la universidad en Bozeman, volvió y obtuvo el trabajo como la bibliotecaria del pueblo cuando la señorita que había estado ahí desde siempre se retiró", añadió King. Se inclinó hacia adelante, agarró la botella de whisky que habíamos traído de la barra del hotel y llenó su vaso con cerca de dos dedos del líquido ámbar. Se había cambiado su abrigo pesado de invierno por una camisa de franela azul, pantalones vaqueros y botas de cuero. Su cabello pálido estaba peinado hacia atrás luego de su baño, pero se había enrollado en las puntas por el calor de la fogata.

"Inteligente y la sonrisa más increíble que puedas ver alguna vez". Si Micah quería saber sobre Sarah, le contaríamos. "Ella es pequeña, ni siquiera me llega al hombro". Levanté la mano como para medirla. "Cabello negro liso que le llega a la mitad de la espalda. Curvas en todos los lugares correctos". Mi mano se movió para imitar la forma de un reloj de arena.

"No olvides el maldito hoyuelo", añadió King. Los ojos de Micah se volvieron hacia King mientras señalaba su mejilla derecha. "Ese maldito hoyuelo puede poner a un hombre de rodillas".

"Pero ella no está interesada", repitió Micah.

King suspiró y yo tomé un largo trago de mi bebida, dejé que me quemara en su paso hacia mi estómago.

"No", dijo King. "La invitamos a salir, por separado. No queríamos asustarla con nuestras intenciones de reclamarla juntos, a pesar de que la conocíamos desde siempre. Excepto por ustedes, chicos aquí en Bridgewater, no es como si tener a dos hombres interesados en ti sea la norma. Unos pocos hombres que conocíamos en Barlow también compartían a una mujer, pero Sarah no sabía sobre eso. Lo esperará. Ella estaba interesada. Lo sé. Lo sentí, lo vi en sus ojos, a pesar de que me rechazó en la tercera cita".

"Yo también", añadí. Tuve que preguntarme si se había asustado, si nosotros, de alguna manera, la habíamos presionado demasiado. Quizás era porque su madre era tan... descarada con las afecciones a sus hombres que había hecho que Sarah se inhibiera. Yo estaba dispuesto a ir tan lento como ella lo necesitara, tanto tiempo como lo *necesitara*. Por nosotros.

Suspiré. Era jodidamente frustrante porque yo la amaba. La deseaba. La *necesitaba*. Habíamos esperado el tiempo suficiente y ahora... ahora me estaba volviendo loco.

Micah puso su vaso sobre un portavaso en la orilla de la mesa. "Si no le gustan a ella, entonces ¿por qué no ven si hay alguna soltera en la fiesta? No hay nada malo con rascarse esa comezón con una mujer dispuesta si están solteros. Especialmente, ahí está esa con necesidad de dominar". Su mirada se levantó y miró por encima de la cabeza de King, hacia el área de la recepción. "¿A ustedes, chicos, les gustan bajitas y con curvas? ¿De cabello oscuro? Hay una mujer hablando con Rachel que encaja en ese perfil".

Solté una risa. "A pesar de que mi pene está cansado de mi mano", admití, "no tiene ningún interés en...".

"¿Qué demonios?", dijo King en voz baja. Se removió en su asiento y estaba mirando hacia el escritorio de la recepción.

Yo giré por su tono de voz y por la forma en que sus ojos,

prácticamente, se estaban saliendo de su cara. Mi cerebro no podía procesar lo que estaba viendo, aunque las palabras se cayeron de mi boca.

"De. Ninguna. Maldita. Manera".

Sarah. En persona. Y un montón de eso del sadomasoquismo. Una falda negra de látex capturaba la luz y la hacía relucir. El corte era ancho, como... como una falda de los cincuentas sin el armador hinchado debajo. Demonios, yo no sabía una mierda de faldas. Esta caía a unos cuantos centímetros encima de sus rodillas. No era indecente, pero nunca antes había visto tanto de las piernas de Sarah. Nunca. Los zapatos negros que llevaba tenían unos pequeños tirantes adelante, casi del estilo de una colegiala, aunque los tacones altos no se parecían en nada. Solo mostraban mejor la tonicidad de las piernas. Y eso era solo su mitad inferior. Tenía puesta una camisa blanca remilgada, pero era lo suficientemente corta para mostrar una tira estrecha de su cintura pálida y atada en el frente. Solo la vi de perfil mientras hablaba con una mujer detrás del escritorio de la recepción, asumía que era Rachel y, podría decir, que una serie de botones estaban desabrochados. Demasiados. Su cabello liso estaba recogido en una trenza sencilla, como si deseara que alguien se la agarrara fuerte mientras le subía la falda y la follaba desde atrás.

Me levanté de golpe del sofá, acechando a su alrededor. Escuché pisadas detrás de mí y supe que King me había seguido.

"Sarah", dije. La única palabra salió disparada de mi boca como una bala y eso la hizo girar en sus tacones.

Sus ojos hermosos se ensancharon, la boca se le cayó, su piel pálida se puso casi blanca, luego se sonrojó del mismo rojo que llevaba en sus labios.

Mirándome de frente, vi más de su atuendo. Mientras su falda la cubría, su blusa no lo hacía. Era como si hubiese tomado una de sus blusas de bibliotecaria, se saltó abrocharse los botones y se la amarró en la parte inferior para mantenerla cerrada. Debajo, había un sujetador negro de encaje que se podía ver a través de la parte abierta de la tela blanca. Pero eso no era todo. Porque la blusa era delgada y era descaradamente obvio que el sujetador era de estilo media copa, o sea, que no cubría sus pezones, porque podía ver su color oscuro y lo duros que estaban a través de este. Y si podía ver, entonces...

Mi mandíbula se apretó y mi pene se hinchó en mis pantalones.

"Wilder", suspiró ella. Miró a la izquierda, luego a la derecha, como si estuviese considerando las vías para escaparse.

Me sentí más que visto cuando King llegó a colocarse a mi lado.

"King", añadió ella, su lengua rosada saliendo para lamer sus labios.

Me crucé los brazos por encima de mi pecho.

"¿Qué están haciendo aquí?", preguntó ella, su voz era una mezcla entre seductora, entrecortada y el chirrido de Minnie Mouse. Sus manos se fueron hacia su falda, alisándola hacia abajo, aunque no lo logró, luego fueron a su blusa, juntó las dos mitades.

"¿Somos nosotros los únicos que no quieres que vean tus pezones?", pregunté, señalando con mi barbilla para indicar su repentina modestia. Me cabreaba porque esa piel hermosa, esas curvas exuberantes, estaban hechas para King y para mí. Y estaba alardeando de ellas para que otros las vieran.

Sus ojos se estrecharon y golpeó la punta de su pie sobre las baldosas del suelo. "Estoy aquí para la noche de sadomasoquismo".

Era el turno de King de mirar alrededor. Vi la forma en

que su mandíbula estaba marcada. "¿Viniste con alguien aquí? ¿Tu dominante?".

Ella no tenía un collar alrededor de su cuello, el signo evidente de que había sido reclamada. La idea de que hubiese tenido un hombre al lado…, un maldito dominante, me hacía poner de color rojo. A pesar de que solo habíamos salido, y casualmente por eso, yo o los dos, esperábamos una completa y total monogamia. Pero ya no estábamos saliendo. Eso había sido hacía meses.

Yo estaba contento de que King hiciera la pregunta porque todo lo que quería hacer era cargarla por encima de mi hombro, llevarla a mi habitación y que los dos le mostráramos cómo podían llenarla dos hombres. Pero ella no quería eso. ¿O sí quería?

La deseaba, y para más que una follada rapidita. Quería todo de ella. Sus sonrisas, sus lágrimas. Sus alegrías y tristezas. Todo el maldito asunto. Pero se escondía de nosotros, eso parecía. Se había escondido malditamente bastante, y no quería pensar que esos grandes senos llenarían más que las palmas de mis manos. Nos habíamos mantenido alejados porque habíamos creído que ella era una cosa, una virgen tímida, demasiado tímida, para manejar nuestras necesidades más oscuras, pero ¿ahora? De ninguna maldita manera.

Parecía que ella tenía necesidades más oscuras. Grandes secretos.

La amaba y había descubierto la verdad de Sarah, pervertida y todo. Y si ya tenía un hombre, alguien que le diera lo que necesitaba, entonces… bien. No, no estaba jodidamente bien. Pero al menos ya sabía la verdad. Nosotros no éramos sus amantes, pero me gustaba pensar que éramos sus amigos. Merecíamos honestidad, por lo menos.

"No…, soy amiga de Rachel". Sarah señaló a la mujer que nos estaba observando atentamente por encima de su hombro. Rachel nos dio una pequeña sonrisa y un saludo con el dedo. "Ella me contó sobre el evento y yo decidí, um..., echarle un vistazo".

Ningún hombre. Ningún dominante. Gracias al cielo. Suspiré para mis adentros, pero no habíamos terminado. ¿Ella quería *echarle un vistazo* a la noche de sadomasoquismo? Eso significaba... "Princesa, si querías que unos hombres te dominaran, todo lo que tenías que hacer era pedirlo. No tenías que recorrer todo el camino hasta Bridgewater".

La boca se le cayó y cerró unas cuantas veces como si no supiera qué decir. La habíamos llamado "princesa" por años, pero ahora, eso significaba algo diferente, algo más. Rachel, detrás de ella, se rio. A pesar de que mi mirada no se separó de Sarah, vi a Micah moverse para recostarse contra el escritorio de registros. No estaba seguro de si estaba ahí para vigilar a Sarah —a pesar de que él sabía que nosotros nunca le pondríamos una mano encima de la rabia— o evitar que Rachel saltara y protegiera a su amiga, aunque ella no parecía demasiado preocupada. De cualquier manera, estaba contento de que él estuviese ahí. Era hora de llegar al fondo de... todo, y Micah nos conocía, conocía las reglas del juego del sadomasoquismo.

Los ojos oscuros de Sarah pasaron de los míos a los de King y de vuelta. "Hombres. ¿Ustedes se refieren a... qué?".

Sonreí, di un paso más cerca. A pesar de que nos conocíamos desde hacía mucho tiempo, parecía que había algunas cosas que necesitábamos aclarar".

Como el hecho de que nuestra mujer lo quería salvaje. Ella no quería algo suave, como habíamos sido con ella. Ahora era jodidamente obvio. Ella estaba usando un maldito sujetador abierto.

"Pero...".

La corté. Hasta ahora ella nos había guiado. Era hora de cambiar.

"¿Tienes miedo de nosotros?".

Ella frunció el ceño. "¿De ti y de King? Los conozco desde siempre. Por supuesto que no".

"¿Confías en nosotros?", añadió King.

Sus ojos oscuros se movieron a los de él.

"Sí". Su respuesta fue inmediata, sin titubeos o segundas suposiciones.

"Micah, ¿escuchaste eso?", pregunté, observando a Sarah.

"Lo hice", respondió él.

"Bien". Micah escuchó que Sarah confiaba en nosotros, que estaría a salvo con nosotros. Mientras que no le lastimáramos ni un solo cabello de su cabeza, habíamos entrado al sadomasoquismo sin haberlo esperado y necesitábamos seguir cierto protocolo. Micah sabía que Sarah estaba con nosotros, que ella verbalmente había compartido con él y con Rachel que confiaba en nosotros, que no tenía miedo de estar con nosotros.

Listo.

Así que hice lo que había querido hacer desde… siempre, me agaché y me la llevé sobre el hombro. Me giré, me dirigí hacia las escaleras centrales en camino a las habitaciones de los invitados en el segundo piso. Sus manos me golpearon la espalda baja mientras yo cubría sus muslos para mantenerla inmovilizada. "¡Wilder!".

Me detuve a mitad del pasillo por todo el gran salón. "¿Cuál es tu palabra de seguridad, princesa?".

Ella se quedó callada y en silencio. Esperé. Esperé un poco más. No iba a hacer nada hasta que Sarah supiera que estaba consintiendo esto, que nosotros le daríamos exactamente lo que quería, lo que ella necesitaba y nada más.

"Rojo".

El alivio me recorrió todo el cuerpo con esa única palabra. Continuando hacia mi habitación, King tras nuestros pasos, supe que nada iba a ser lo mismo otra vez.

¿Quieres más?

Tenía a Sarah en mis brazos y nunca la iba a dejar ir. Ella podía decir *rojo* y todo se detendría, pero por primera vez, habíamos hablado de esta mierda. Y hasta que ella no dijera esa única palabra de seguridad, nos pertenecía a nosotros. Ella haría lo que nosotros dijéramos o le daríamos nalgadas en el trasero. La haríamos nuestra, sin importar lo perverso que ella lo deseara.

¡RECIBE UN LIBRO GRATIS!

Únete a mi lista de correo electrónico para ser el primero en saber de las nuevas publicaciones, libros gratis, precios especiales y otros premios de la autora.

http://vanessavaleauthor.com/v/ed

ACERCA DE LA AUTORA

Vanessa Vale es la autora más cotizada de *USA Today*, con más de 50 libros y novelas románticas sensuales, incluyendo su popular serie romántica "Bridgewater" y otros romances que involucran chicos malos sin remordimientos, que no solo se enamoran, sino que lo hacen profundamente. Cuando no escribe, Vanessa saborea las locuras de criar dos niños y averiguando cuántos almuerzos se pueden preparar en una olla a presión. A pesar de no ser muy buena con las redes sociales como lo es con sus hijos, adora interactuar con sus lectores.

Facebook: https://www.facebook.com/vanessavaleauthor/
Instagram:
https://www.instagram.com/vanessa_vale_author

www.ingramcontent.com/pod-product-compliance
Lightning Source LLC
LaVergne TN
LVHW011833060526
838200LV00053B/4000